抵达时天色已晚

夜鱼 —— 著

长江出版传媒 长江文艺出版社

目　录

第三辑　月光般永恒

第四辑　南方的秘密

第一辑

我的痛苦不是一间黑房子

致 意

初冬阳光短暂，刚过午

已倾斜软塌下去，离消隐

也就两三盏茶的工夫

闲坐，被密密匝匝的绿

环绕。高楼缝隙间

射来的阳光

使得周身的一切

浓淡相宜，明暗有序

也使得树林花园

呈现出的光阴干净真实

又来去无迹

上周那枝蓝色绣球花

就是在你左肩后摇曳的那枝

仿佛不是萎谢了，只是向我们

致意后转身暂离

我将记下这座山这座亭

记下每一瞬，活着的

挚爱与悲欣

空谷壳

半筲箕谷壳，从头到脚淋下
皮肤的刺痒心头的怒
父亲为制止我
狠狠地拉扯，混乱的一幕
持续了几分钟，却弥漫了
一整个童年

中年后的我有刺痛有刺痒
但已没有怒没有拉扯
只有空谷壳般的静默
以及在静默里学习叙述

叙述带来了救赎
时间的谷壳，堆砌又倾圮
我为能记录一阵细微的滑落
获得了隐秘的幸福

她听懂了

老雷蒙德喝了一辈子酒
之后他的儿子，又一个雷蒙德
继续喝。和上一个雷蒙德不同的是
除了一样的艰辛，儿子喜欢写东西

我试着用
作家雷蒙德习惯使用的
最简单最平常的语言
向一整天晃悠在身边的母亲讲述
一个人的命运

我省略了洗衣房，一个大男人的崩溃
洗衣筐里，大人的孩子们的脏衣
搅和在一起
不管听的人懂不懂，我继续说：
他唯一的拯救是坐在书桌前的一小时
那一小时提醒了他存活的意义

除此好像也没别的可讲了

我叹了口气，将卡佛的书放进书柜

母亲似乎也听懂了

跟着叹了一口气

雪将至

走廊在缄默中延伸

如同那根从脚通向心的血管

随时会深不可测地颤动

浮来血栓的鬼影

我推着轮椅，喘息沉重

轮椅沉重，也推着我，将我推向

衰颓之境。我不敢

任由自己烦躁憋闷下去

于是说：雪将至

你眼神懵懂，像个孩子

一无所知得让人心慌

每到冬季，老年痴呆加心衰

便像演到高潮的滑稽剧

昼夜不宁

哦，母亲，人世如此艰苦冗长

如果来生

我们还要穿过这样的走廊

请把因我而起的泥沙

都还给我吧

勿相认，擦肩而去

我的痛苦不是一间黑房子

法师，此刻我正看着办公室窗外
那些晒过的香樟叶片
绿意比山上的浅了许多
而山下的我，似乎也比山上浅
刚才终于完成了一件棘手的工作
接下来，我将按部就班
下班买菜，煮饭熬汤。我会避免杀生
但为了孩子免不了沾染荤腥
也避不开葱姜蒜
但我并没因此感到难堪，不想刻意改变什么
心安，山上山下就都一样了吧
法师，我想不起那天在庙前低头望着阶梯时
到底想了些什么，让您生出怜悯
阿弥陀佛，俗世之人都可怜
我也不例外，挣得脱挣不脱，此消彼长
那就这样吧，我饮的是茶还是酒，都不重要了
明日的醉意可能更不可解
我的痛苦不是一间黑房子，是一架云做的梯子
月光洒在上面，风使它轻轻晃动

我的生之趣，也不分晨曦黑夜

只是随风晃动着

在十四楼

一整天，母亲勉力支撑

蚂蚁挪窝般踱着步子

虚胖的身躯

在不到一百平的区域里

来回晃动

她已耗尽一生的轻盈

剩下的涩重

要一点点磨碎

请假回乡的保姆来电

话筒里一阵喧腾，听得出

"乡" 依然保持着

古老的人间闹意

母亲露出艳羡的表情

竭力搜索记忆

重复絮叨着

故乡的一些零碎片段

边说边喘息

她的艰难，在我外出时

估计更严重。我也艰难

但我的艰难，可用流光十色冲淡

而她不能。没人陪伴

连楼都下不去

我蹲下身，揉着她浮肿的双腿

坚持半小时后我也走开了

每个人的时间都有限

到最后要怎样

才能把漫长的枯萎

熬成不随肉身腐朽的舍利

闯关东

一个民族的求生迁移史

静止在墙上

哭喊是黑白的

眼泪是黑白的

抢到的一碗粥是黑白的

那一丝丝热气也是黑白的

破衣烂衫、窝棚、马车

都是黑白的

静止在墙上的黑白

似乎还在移动

和墙上的悲怆比

一个人的求生迁移史

简直不值一提

想了想，我的"关东"

是怎么闯过去的？

闭上眼

曾经一帧帧的彩

不知不觉竟也变成黑白色

唯不知不觉

让我心惊

不　息

所有的三月都相似

被光泡着，从头到脚

生着鲜嫩的芽胞

你蹲在水边，眯眼看着

花丛中的女儿，五岁

已学会摆拍和假笑

草坪上更缭乱

涂着荧光甲油的手指

挪开挡脸的树枝

提着婚纱的新娘

摆弄着头饰

有人争吵，冲撞了镜头

紧接着嬉笑经过的孩童

重续和美

许多年后，你蹲在水边

看着相仿的园景

想起当年花丛中的女儿

如今在父母的裂隙间

尖锐如撕裂帛

湖水依旧碧透，让人忽略

经年又沉积了多少腐殖糜骨

几只点水的蜻蜓，排出的卵

凉滑、执拗，无数粒裂变的咸腥

从你的苔痕苍绿里滑过

契　约

十九年的相对无以为继

那么多的混沌不清

我已剥掉了颓废的黄叶

又将那么多琐碎

剁切烹煮，做成冷盘热炒

从天真到终于接近

修炼得道的巫师

下一步，我拿出一瓶酒

而用力拔出软木塞

是你唯一可为我做的事

我越来越喜欢遐想

某个与你无关的地方

在那里也有风和沙粒穿过四季

在那里我悠然并且无所畏惧

狼群环伺下，总有尽职的牧羊人

勇敢地张开手臂

但这样的场景纯属白日梦

在这座大江浑黄涌流的城池

在无爱的沉默里，我们

斜阳荒草，像洗漱台上的

剃须刀与口红

凌乱又妥协地割据

暴雨过后

我在取快递时注意到她

头发灰白，挂着拐，行动迟缓

而我大步流星

左手拎着伞和菜蔬

右手的快递纸箱里

是女儿爱吃的梦雪牌巧克力派

不算重，它们松软香甜

让人联想起淋了雨的蔷薇花丛

暴雨过后

大地蒸腾出蓬勃的热气

水洼边，她停下了

陷入进退两难的困境

除了有些喘，她出奇地静

我加快了步伐

变得更加快捷有力

没有意外，我将认领那灰白色的寂静

在这之前，我要任凭身体里焕发出少年

并听从她的驱使

残 雪

人世像残雪斑驳

而老去的她以孩童般的烂漫

反对残雪

她说浑身油腻，需小苏打清洗

我已习惯了她的无厘头

偶尔也有困惑——

为何不是艾草、皂角和丝瓜络？难道

寒潮冻脆血管，也冻结了

她热爱的事物？不再择洗栽种、熬煮擦洗

"雪封着呢，只有小苏打"

一场严寒阻止了她的植物研究

但她依然爱清爽

浑然不知自己正被时间熬煮

哦，母亲，我们的艾草、皂角和丝瓜络

严寒中失去的一切

只要坚持到来年，大地都会馈赠

过怀柔群山

大风中，那些新绿的山脉

如同刚被解禁的马群，带着惊慌和迟疑

向天空涌去

山顶一截截防守土墙，木讷呆滞

我在车中颠簸，昏昏欲睡

没有梦，没有以梦为马

忽然想起一个人

他就躺在这群山的某处

静静等待着死亡来临

想象着那种慢

想象着黑暗静悄悄抹去一个人的迅疾

我弄丢了她的围巾

在长春的冷风里
我围裹着她的羊绒围巾
密实柔软，异国风情
淡粉与暗褐，缠绕的细密花朵儿，多像
她层次丰饶的内心

我借了她的美，归还时却漫不经心
围巾到底是掉在火车铺位上
还是下车后的路程里
为此，我愧疚又惋惜
她围裹我时那一瞬的暖
很难找到替代品，再让我还回去

物哀美学

在江城，冬天只下一场雪

草坪还绿着，雨夹雪

一夜间就已抵达并肆虐

香樟与栾树坚持着

门前的鹅掌楸则顺势而为

脱掉最后一枚叶子

进入冥想的状态

枯寂之美，使黄昏更显漫长

某年冬天稍有新意，他顶着风雪

兴冲冲拎着大包小包

从光秃秃的枝干旁经过

什么都堆给你，多可爱的性情

被爱的人舒展着最后一批叶子

提前进入了轮回的更替

可惜雪花只凝薄薄一层

独自醒来的人，不得不走出去

城市呈现诀别的美

斑驳的雪迹，潮潮地黏附着

世上所有的空枝

空 居

从昏睡中醒来，天已黑
不知道阳光何时熄的
一屋子的影影绰绰
也记不清这一天的经历
其间好像有过简短的对话
吃过几口从新疆带回的馕
窗外，车辆又开始拥堵
人们总是乐此不疲
相约狂欢，却并不相惜
轻易地爱，又轻易地分离
甚至下一秒，刀子戳进
刚刚亲热过的身体
悲喜自咽吧
失爱的人，心像空转的车轮
着陆处，无非一座座空屋子
想起昨日烤鱼款待友人
谈兴正浓时，她惊觉夜深
匆匆告辞，逃往
这世上的另一处空居

心有戚戚

疼痛盗走一层光
抑郁紧接着铺上一层黑

你坐在半明半暗里
敲着键盘，把金属碎屑般的不安
迸溅得到处都是。以此缓解
白天的惶恐

让我抱抱你吧，小荷。虽然我也胆怯
常常在夜里捂着斑驳的脸
有一次我半夜惊醒
非说那个消失了几年的人就站在岸边
任由我在黎明的荒凉里挣扎、塌陷

小荷，你竟比我还幽暗，塌陷缓慢
你有妈妈我没有呀。哦好像我们都没有
家？太多的厌倦，他们有他们的混乱
谁有心思没完没了地包容
你的疼痛、忧郁、耗损

你说今天还有昨天，办公室窗外的阳光
那么和煦，却挤不进来
室内灯又硬又冷，你不得不漂浮在里面
他们层级森严。最害怕
突如其来的眼神，凌厉得将你刺穿

那就别去了，小荷。吃药，好好睡一觉
你说，看，这些续命的药丸那么轻那么小
却要用漂浮在荧光灯下的一天又一天
去换

轮　回

妈妈。现在越来越多的人
想挣脱此世的业，永远解脱，拒绝
任何一次重来
我曾经也这么想，当卷山卷海堆在面前
挡住您，淹没我

真能解脱么？妈妈，您的魂魄
真的散了？不，没有
就在昨天，在夜与黎明衔接的时辰
您来过，还像生前那样，端着热牛奶
蹑手蹑脚，生怕打扰

妈妈，还记得吗？有一年爸爸堆的雪人
跟我差不多高。几天后见到
雪人残缺，您哀叹，不敢再看。我怎能料到
一种诡异的病毒来袭
我的妈妈彻底化掉了。我，真成了残缺的雪人

放心吧妈妈，我不会融化

正在凝结。爸爸说，人要向前看
他身体力行，春风马蹄。还好您看不到了
还好我凝固了。跟您说了多少次
男人超级自恋，他们只爱自己。您不信

您不信，为此我又有些羡慕
妈妈，我的凝固并不彻底
一想到您，就有液体，在眼眶里
哗啦啦涌动

我开始渴望轮回

当时的月亮

当时她独自穿过稻田

走向栖息的民宿

被月色刷白的门窗

清简静谧

夜鸟悬在檐下无声无息

偶尔两声犬吠

吹乱的树影，很快又会复原

被一层层揭开又捂上的夜

纤毫毕现又浑然不知肥瘦的夜

她在阳台改造的洗手间里

坐在马桶上，对着窗外的稻田发呆

原生原始带着私密快感的月亮

让人想爱，又不知该爱什么

让人想逃离，又不知该逃离什么

稻浪是无辜的，温柔地荡漾

也只轻轻摩挲了她一下

就消失了

一同消失的还有

当时的月亮

卡萨布兰卡

牺牲成就的爱情

细节生动

银幕上，爱人与敌人

格栅光影下的礼裙和西服

隔海犹唱的酒吧，以及

谓我何求的大雾

都卡在命运里

卡在命运里的还有影院

坐在最后一排的我

眼眸像星星，全然不知

由此滋生的锋利

将拦腰截断

成型或未来得及成型的爱情

我曾随性地爱，又潦草地分离

唯有卡萨布兰卡式的惆怅

让青春消失得高贵又艰辛

大　雪

我说的不是晶莹剔透

不是凉凉的惊喜托在手上

不是纸上的抒情

不是夜归人

不是红泥壶，满室的暖意与交融

我说的是旷野，没有房舍灯火

微微的光亮只是雪的反射

鸿蒙中，枯而不死的枝干

是我唯一的故友

棉袍从头罩到脚，我是中性的

没有曲线但有轮廓

我是空无，空无也有轮廓

我是说我就是大雪，大雪就是我

旷野是我，枯枝是我

不断的飘落是我，肃杀与冷寂都是我

不需要扮演自己的我

将斑斓全都掷回原处

不用向我忏悔，我不原谅不救赎

我用傲慢修护自己的伤口

没有爱，我拥有完整无缺的我

倾 诉

我要先从湿滑的青石巷开始
重点谈谈巷中的悠然与踉跄
两种身姿分别属于
天荒地老与少小离家
紧接着是蔓生的野草
和千辛万苦拨棘见血的碑刻
中途我还会插入一些别的什么
譬如一只母猫，她的昔年
猫崽簇拥下的慵懒满足是如何
僵成一抹孤独
窗外的云朵不知何时变薄变轻
紫砂茶壶又让我想起
离别时的慌乱，那些被遗弃的
坛坛罐罐，破絮旧书
以及车窗外硕大沉重的落日
你竟还有耐心倾听
我垂下眼睫，不再开口
接下来由你继续转述
由荒村干涸的水库吱呀呀的老门组成的
我的梦境

漫步记

我们并肩从解放大道西马路

经过新华路、循礼门、航空路

不远处，武广商厦硕大的广告屏

不断地重复着：钻石与爱情，一颗永流传

人群从四面八方向大门涌去

在繁华的十字路口

另一些人则像是千里迢迢赶来

要加入我们。但我们如入无人之境

路灯一盏盏亮起，光从你的左肩

倾向我的右肩，形成的光影

复杂又迷人

事隔几十年再想起，这场漫步

如此短暂，又如此持久地

穿过我

路经灌木丛

它躺在灌木丛里，与黄土一个颜色
这是我每天的必经之路
为了避开它我不得不
寻找其他出口，不忍看
日复一日的塌陷与腐朽
它曝尸荒野，一动不动的空寂
与几步之外的风驰电掣形成对峙
渐渐，这种对峙也松懈了
就要变成尘土。我不由得想起
另一只猫，蹲踞在树上，虎斑纹
宝石般幽冷的目光，骄傲、尊贵
如此联想有些残忍
但残忍的概念只存在于活着
死亡不得而知

即便我最终的死不知道我所有的活
我还是要在活着时保持宝石般幽冷的光束

珍珠项链

母亲过世后

珠链

才被我端详与摩挲

想起我曾嗤笑她

"又上当买俗气"

上坟时我特意戴上

黑色石碑映现

柔白的珠子

随着脖颈

低下抬起

低下抬起

低下抬起

叩首三拜

那些珠子

超了俗雅两境

圆融

通向两界

时隔八年

——致梁文昆

距上次你来汉

已八年，又是七月

我没觉得热，相反，一种透心的凉

从我拿着化验单的左手，传至

我扫码付款的右手

付款失败，去找医生

她发现我忘了关联医保卡

劝我节省时间选择自费

好几百多块啊，沮丧，你看

这么多年过去了

病痛却越来越多

还好我的沮丧没有持续多久

回到熟悉的蜗居，平躺

很快摊薄了肉身

文昆，关于如何逃出去

我终于可以回答你：我自由了

为此付出的代价都不算什么

很想让你也读读小说《瓶中人》

如果你忙于谋生没时间读

就读其中一句："幸好我们还有身体"

对，我做了延伸——

它能囚禁我，也能释放我

汉口火车站

圆拱形大门

旧年代的典雅

配合新时代 X 光安检

任何危险品都无法隐藏

但真正的危险不具形状

也不可能从神态上判断

历经劫难的人，都有很好的定力

2021 年的某日，她排队进站

眼神空茫，面有倦色

但体温正常

行囊里并无危险品

没人看出夜幕下的她

已是一场爆炸后的碎屑

独　白

不可能再去了

我想要的归宿之地

别了，城际高铁，清晨的雾

黄昏的夕阳，深蓝色的背包

我的小巧轻快

我鼓鼓囊囊隐秘的欲望

隧道的黑暗使它浓稠

出隧道，又逶迤进淡青的山水

而另一条通往它的路

离天空更近

悬浮山水间，霞光幻出过

我的梦境和未来

那条路，跨年夜的月亮

曾经挂在驾驶座的窗框上

说起时间，整整三年混沌不清

老屋酣睡的那次最近

花布被窝里，暖

尚存一息，又好像早就冷了

灶房里为我做饭的身影

已随炊烟淡去

树杈上的鸟巢应该还在

至于堰塘，我们曾涸泽而渔

土腥味弥漫了整个夏天

秋天说来就来

茶亭周围的蓝色绣球突然开

又突然枯了

季节的更替变得模糊不清

方言显出威力，我们一直孤单

难以逾越的又岂止是发音

心有戚戚

雨声淹没了她最后的呼喘

雨水又清洗了泥痕血渍

裙衫与发丝湿透了

一截雪白的臂膀，看起来仍有弹性

微侧着仰躺在一丛压弯了的夹竹桃上

像是睡错了地方的奥菲莉亚

我住在对面的七楼，隔着

几十米的距离看过去

她家位于五楼的房间只略低一点点

我们同校，她比我高两个年级

都喜欢站在窗前发呆

我见过她挽着男生偷偷摸摸走出楼栋

兴奋不已的样子

昨晚她的房间亮过灯

我记得很清楚，披散着头发的她

穿着碎花绵绸睡衣

没看出任何反常和不适

究竟发生了什么？不得而知
当时天阴得厉害
雨，又是在我睡着后落下的

这之后，我有很长一段时间
害怕春天的花朵淋着雨水

毛 仔

它垮塌，从每一缕毛发

到筋肉、骨头，软绵绵地匍匐在

对它来说毫无意义的时空里

附着在四周的事物

跟着垮塌，春光

一点点矮下去

这是一年前我去新单位报到的路上

碰见毛仔时的情景

随后两年围住它的人越来越多

有人拿着树枝

轻轻摩挲它脏兮兮的皮毛

如此清浅且隔着一层的善意

竟减缓了它的垮塌

吃着残羹冷炙

神情竟有了欣悦

哦，天地不仁，我们都是刍狗

但不是谁都能碰上

一截摩挲的树枝

柏油路

为了一件滚烫的

根本接不住的东西

我在高温烈日下

骑车三小时

整个夏天的热，都钻进了

我的化纤裙子

汗水如虫

顺着脊背往下爬

爆裂又疲软，徒劳求取的青春

陷在滚烫的柏油里

几十年后

我终于拥有了可以对抗的武器

在现世流水坚硬的规则里

徒手出战

用你们嘲讽的天真幼稚

一圈圈踩踏

那最初的被晒软的柏油路

那些路上的经历

我再也没跟任何人提起

悬浮记

从他们的口音不难辨出

围坐者都是土生土长的湖北佬

要具体区分宣恩还是利川

就难了。屋外雨声渐大

湿气扑进来，这让我想起

某个靠近东海的小城

春雨霏霏，青石路粉墙黛瓦

显得格外古中国

多年未回，如今那里崭新得让我茫然

唯美食能勾出些许童年记忆

说起吃，我的味蕾对辣保持兴奋

对甜食退避三舍，不符吴地风格

母亲曾说老家属淮扬菜系

讲究刀工火候细腻本色

我曾试着复原记忆里的色香味

将一张豆腐皮切丝，不够细

底汤也缺了魂魄

那是蚌壳里软体动物的鲜味

我还记得蛤蜊肉顺着

姨妈的手指血一起

落进瓷盆的场景

好多年了，半生以船为家的姨妈

安眠于一抔黄土

困于病痛的母亲无法亲身前往

只能望江洒泪。想到这儿

我有点哀伤，蜷缩在椅子里

武汉也许只是个供我悬浮的地方

我永远是个外省人

嫁给湖北佬，不能说明什么

敬慕着好些吴地才子，不能说明什么

被介绍成诗人，也不能说明什么

若能写出吴地魂，楚人魄

也许才能稍落实处

仲 秋

——致燕七

微小的黄花聚在枝上

香气浮动，又一次提醒我们

将心情调亮，对抗破损的命运

我们的方式有些相似——

在飞逝的过程中，摘下新香

泡进此刻的茶水

你是另一枝桂花，落寞疲倦

一抬头，又立刻挂上笑意

没必要隐忍了吧

齿轮还在转动，痛苦不会结束

现在的我们，可以哭

可以笑可以宣泄

但这不妨碍我们与黑夜交涉

进一步释放活着的香气

黑狗芋头

它漆黑

像夜色的一部分

光线昏暗时

甚至分辨不出

它与其他事物的区别

刚到我家的芋头

胆怯、慌乱

滋滋啦啦挠破过许多夜晚

我也怕，并不比它勇敢多少

相互安慰是很久以后的事

某日送走上学的女儿

在突然静下来的房子里

蹲在阳台上的芋头

神情低落，呆望着楼下

直到天色向晚，这才

走进女儿的房间

到处嗅了嗅，最后趴在

女儿那件红色的睡衣上

这使得它黑色的轮廓

从晦暗中凸显

也让寂寞、爱、忧伤

这类抽象的词

呈现出毛茸茸的柔暖质地

日常的湖水

武汉的东湖该怎么写？写

四时青绿里的嬉戏、萌发

还是失恋、失业？写

后来怀抱幼儿，陪日渐老去的母亲

捞田螺，摘野菜

我记得行吟阁向东八百米

僻静角落里

生长过鲜嫩的野韭

相片记录过那一刻：母亲俯身寻摘

幼儿蹒跚追蝶，我蹲在阳光里发呆

大波浪发卷，大红毛衣裙

慵懒满足又无聊的盛年

身后的湖，雾气重的时候

浩渺得像海

屈先生石质衣袂一动不动

从早到晚忧郁地凝视

湖畔的凝视里

有些细节让人脸红

愚蠢又清澈的我

被男生托着小腹，半天学不会的憋气

终于在接踵而至的命运暴击里

学会了。命运注定卷土重来

接着是文艺中年深夜泛舟，矫揉

不分男女。更多的细节

平淡空旷，就是看着风，把湖畔柳

吹向西又拂向东

如今亲友们已难相聚

认得的清晰的只有那几棵老柳

树身朽烂中空

却依然扭曲着竭力将细枝

送向湖水

花　痴

她从头到脚花红柳绿

有人围观打趣

有人责骂

有人驱赶

闹声惊飞梁上燕

霉尘簌簌落下

人群散开。唯有她

不为所动，自顾自哼着小曲

世界无可依凭，唯有痴

不知所起，唯凭痴

寄生着无情的人世

薄如蝉翼

讨饭妇走到我家门口时

我正与几个女孩

疯闹着抢夺一把折扇

母亲正收拾碗筷

犹豫是否倒掉剩下的萝卜丝

没有冰箱的年代

我家经常会吃有些酸馊的菜

唉，妈妈真不该将馊了的萝卜丝

扣进饭碗递给人家

面对她们的嘲讽

我没办法解释——

若有新鲜的肉和鱼

我们同样会施舍

想想就羞愧

那天傍晚的馊味时不时地侵蚀

那时的心扉

薄如蝉翼

台风夜

风呼啦呼啦吹

从我十四楼的缝隙里往里钻

天气预报说这风叫"天兔"

兔毛太硬，吹到脸上，毛刷刷刺痛

如果我大敞门窗，会不会被兔子捉住

不由分说带出去荡秋千

一想到悬荡于十四楼甚至更高

我就心慌，夜深了，风

呜咽得越发凄厉

我蜷缩着想起小时候风雷之夜

偎着母亲，怕中竟掺杂了惬意

类似的感觉还有：挤在一起

听老人讲鬼故事，倚靠着情人看恐怖电影

而现在，中年的尴尬在于依旧有恐惧

却羞于被抚慰

此刻，我只能依靠一盏灯、一本书

或者把手机里传来的一声问候

当成安慰。实在没讯息

我还可以大声地读你写给我

或我写给你的诗

不　遇

今生错过了
下一世我居山中，你先要绕过
几个仿古景点，绕过那些
泛滥的桃花，精装裱的牌匾，再避开
欺软怕硬的看门犬，好人或恶徒
之后

九曲十八弯，颠散你正襟危坐的骨架
忘掉你驾轻就熟的表情
你将被怀抱婴儿的村妇，以及狡黠的村民
误导。又惑于老货郎古怪的口音
如果运气好，你将碰到知晓前因后果的人
其中一位和我的关系既贴近又疏远

她向来古道热肠会给你正确的指引
你只需再攀一座大山，我的处所很好找了
看似缥缈于半山腰
正被泉水、鸟鸣、摇曳的荼蘼环绕

我习惯了门扉紧闭。若我不在

请在树下小歇，你可摘下并品尝

敞院里任何一枝当季的果实

想原路折返，也可选取

檐下的斗笠、镰刀、灯笼、拐棍

一路平安，借你的

都不必归还

值班日

旧得发黄的空调咝咝喷着热气
慢吞吞的电脑,于心不甘地
打开页面。还能找到
拟好的文档真是安慰
窗外的老香樟最为体恤
在新年的阳光下抖擞着叶子
随时准备着再次绿进我的诗
我要感谢这些不变的事物
熟视多年,还能各在其位
在变幻莫测的世界
在一场不为人知的悲痛之后
还能一如既往地迎接
我的凝视和发呆

她的花园

小巧、随意、繁而不乱

左边一丛紫鸢尾

右边一排蕙兰硬叶兰

间杂蔷薇绣球小叶栀子

在千万人口的城

她羞怯、微弱

像不存在

无论花丛里的俯仰

有多大幅度

阳光短暂

花园里的影子瘦长轻淡

无法复刻的安静

很重

没人敢抱起

没人能挪动

低　处

卧榻小窗边的香樟

不受季节影响，叶子茂密

持续送来雀鸟儿细碎的咕咕声

离香樟几步远，一棵硕大的乌桕

挂满喀啦啦响的乌桕籽

正对阳台的是一棵鹅掌楸

立冬后，半树黄叶，不停飘坠

越来越稀疏，风大些，就会飘向

对面的树丛，那里更馥郁

最外围是一排高低错落的李子树

初夏时，紫色的果实满地滚落

磅礴气势直逼四围

虚张声势的高楼

我终于意识到低层的好处

当晨曦或夕阳穿过叶片

抵达我闲握的书册

当深夜簌簌，当我垂下眼帘聆听

雨叶合奏。一种领受

如众神的脚步穿过茫茫宇宙

第二辑

时间的秘密

换 季

余晖散落窗台，光影飘进屋内

满屋斑驳、燥热

她坐在床上，手臂有节律地挥动

每到夏末初秋，她都会重复

这些动作：晒过的衣衫先甩尽余热

再叠好，整齐地码进抽屉

克服日复一日的厌倦，只能靠

洁净有序带来的满足

某天她读史蒂文斯

"光创造出一种联合

时间的开始相似于时间的结束"

她贴近女儿最喜欢的裙衫

一缕温暖的香气带来了

熟悉的天真与笑靥

哦，世事莫测，多少人消散无踪

唯有爱，在冷却之后

还能悄悄再聚拢

大　湖

薄薄一层夕光轻揉湖水
鲜冷、潮腥。我面颊滚烫
紧紧贴在她颤动的肩头
时间也随之颤动
我不给这种紧贴命名
被命名禁锢的事物太多了

暮色渐落，光线带来存在的秘密
——月亮落进水里，睡莲假寐
芦苇与菖蒲，在风中悄悄拔高腰肢
鱼儿喋喋微细
母亲无视，背着发烧的我
急匆匆奔向对岸的医院大楼

大湖沉寂，闲瞅着
夜色中的万物贴近又分开
光阴如梭，它将看到
我从母亲松弛的胸乳上
挪开，转而吸吮别处的慰藉

迷 路

雄楚大道、关山南路、尤李村

一些熟悉的和不熟悉的站牌名

车子磕磕巴巴地停靠、掠过

我的城市，沿着柏油路逶迤

叫村的地方没田埂

叫青鱼嘴的地方没有鱼

景象越来越陌生

"你坐错方向快到对面去。"

司机的话让街道好一阵摇摆

我喝了点酒，阳光晒得人懒洋洋的

车子真多，我眯缝着眼一点也不惊慌

自从我写诗，就越写越安详

允许自己迷路、走神、虚掷、游离

譬如他们在正确的方向争分夺秒的时候

我正和某段路基下的麦子和鱼

重叠着魂魄和战栗

穿过时间的迷雾

1976 年，南京冬夜

我被抱下火车，怯怯地望着

陌生的城池，明暗冷暖

雾气蒸腾——

小面馆的白色蒸汽

荧光灯下妇人对着一筷子面

吹出的热气

将几条肉丝送进孩子口里

咀嚼的香气

转而踟蹰街头的寒气

等到洗澡的人散了

澡堂打烊，简陋的床铺支起

我们才能入住

接着是白床单上空的湿气

几步之外，母亲兴奋于免费的洗浴

我躺在床上，艰难地抬了抬眼皮

对于一个六岁的孩子来说

闲逛到深夜，那种累像一只铁钳

已钳掉了我所有的好奇

我对南京的最初印象就是这样

几十年后，我也变成节约的母亲

在某个初冬的寒凉里，拧开热水龙头

错过的澡池，恍然出现在眼前

腾出隔世的热气

高 级

徽州郊外，同学们来自田野

男生将细小的水蛇藏于书包

课间掏出卷在手臂当玩具

抽屉里的青蛙更有趣

在方言乡语的嘈杂里

谛听蛙鸣成为我的乐趣

农田围合下的校园

稻浪壮阔，揪一株，吸吮

浆汁的清甜只有茅针草可以媲美

初春时节，女生们相约

寻摘一把，躺在草地上

品尝柔嫩的白絮

也有霸凌，笨拙可笑

堵在路口嬉笑，挂着鼻涕

趁他吸擦的当儿，冲杀过去

一路狂奔，再有几步

我训练的"白驹" 就要来接我了

白驹不是马，是唯一活下来的

白羽小公鸡

我将米粒放在手指上，一次次抬高

可惜即将训练成鸟之前，它因

偷袭邻居，被宰杀了

我的号啕晚了一步

母亲忙于生计，也晚了一步

直到寒假来临，才发现

我就没认得几个字

她叹气，说再不搬迁学业就废了

我也感染了点忧心，但不多

她不明白，当时我也不明白

这样的小学是多么高级

时间的秘密

摩挲了半天棺木的外婆，小脚颤巍巍

踱进敞院，心满意足地坐在靠椅上

暖风掀起构树果腐烂的气息

混合新木的桐油味

如果风再大点，还可以掀来

远处田野的芬芳

这是某年秋日的午后，我刚满九岁

对生死尚无概念

所以当外婆不再说话

我当她又睡了

歪着头不说话的外婆

让时间变得无比缓慢。我盯着

那一地腐烂的构树红果

并不知道我的瞳仁，映出的

既是寂灭又是新生

更不知道外婆的，我的，还有整个世界的

时间，正噼啪噼啪

往下落

幼 年

小蟾蜍们

在墙角的青苔上

蹦来蹦去

庭院里阳光正暖

微风吹来，新叶

与竹篙上的晾晒物

晃下一地光斑

整个春日的午后

浮在软风上

懒洋洋的空寂里

你好奇地瞅着

那些小足爪

它们欢快得让人惊讶

轻盈地跳跃

汇合着幼年新鲜的喘息

在短暂的春光里

完全不知道自己即将长成

满身毒液的丑八怪

河 滩

那湾河水，从未被惊吓
也从未被阻遏
清除了两岸的杂沓，更轻盈了
老柳古桥，酒坊石滩，河埠头
腻着青苔的旧光阴
你闭着眼都能依样安置
总有不可捉摸的意外
莫名跳出一帧场景无法安置——

人群散去，跌坐在地的女童
手中，河滩上捡来的红薯干
被一把打落。女童双颊滚烫
紧闭双唇，不出一声
身后倒扣的废船
都忍不住替她呜咽起来

伫立良久，风，还像从前那样
祖母般，一阵阵摩挲
哦，这样的风抚过，就没有什么
不可以放下和安置

越 剧

初夏的傍晚

食堂门外小操场

摇着蒲扇的人群

姆妈的同乡梅姨

左手丝手帕，右手纸折扇

都是顶顶香的物件儿

但我们不是凭香相认的

当深喉里的帛裂开

黑白电视竟纷呈五彩

哦，落英是粉的

裙裳是淡蓝的

花锄是褐色的

青山与曲水都是浅黛的

二胡的青与锣钹的翠

都是活鲜鲜的

一起泪涌的那刻

我们才得以相认

终是散了

多年后梅姨不知所终

我和母亲还在反复地看

反复看的这出戏啊

从未褪色

侬今葬花的忧伤

在日渐老花的视线里

飘坠

古　塔

如同所有幸存的事物

那座古塔

灰暗中仍保持

欣欣向荣的轮廓

六角七层，有锐顶

对着逝去的白云

塔前的男人，挺拔、高耸

仿佛也有尖顶

正努力戳破时间的灰尘

终被灰尘磨损

不可能有太多细节了

我想继续辨认

左边那位露出烟黄的牙齿

右边那位是我的父亲

厚唇紧闭，表情严肃

但端详得久了就能听到

他爽朗的笑声

蝴蝶扣

细布条绕在指间

年轻的母亲，耐心不够

还没等我学会盘扣的扭绞技术

她的蝴蝶已脱指而出

在老宅，总有深暗的抽屉

躺着顶箍、丝线、碎布

在凌乱中找到秩序

会让人安于艰世

一件自制新衣带来的满足

可以击溃饥饿

姐姐永远比我贤惠

我偷吃零食的时候

她正盘绕着她的蝴蝶

记不清了，那几年

我衣服上的盘扣，究竟是出自

姐姐还是母亲之手？

故乡越来越远

童年，像一只只被弃的蝴蝶

制成标本要等很多年

偶尔，它们会从梦中

栩栩如生地飞过

旧 衣

我忘了很多人很多事

如果不是突然翻出一件旧衣

果绿色，宽松的袖口

折痕里樟脑混合栀子花的香气

柔软的领口飘带让我想起

打开又系上，系上又打开的忐忑

我看着它

就要想起整个的你

所有的你

炙热如火又夜凉如水的你

喧腾如沸又静若空山的你

冗长又绵厚的你

……

伴随着樟脑味蜂拥而出的你啊

这怎么行，我该丢弃旧衣

还是继续深藏？

多可爱的纠结和紧张

像某种久违的东西

在原路返回

尼龙绸被面

我又一次搬动挪移

在这之前，它们已经历

数次远距离迁徙

落户此屋最久

重新装修时，我扔掉

旧衣旧裤不计其数

却留下明黄、桃红、翠绿

年年无损的艳，并非桑蚕

尼龙绸，物美价廉

属于二十世纪的流行织物

母亲精心挑选搭配

以此承托对我婚姻的祝福

她不屑于现成被套

也搞不懂为何我会喜欢

单调与朴素

执意挑出大红的龙凤呈祥

一遍遍示范烦琐的缝被技术

可惜，她只看到了我的不耐烦

却没有看到，我举着绸被面时

面露笑意脸被映红了的情景

花耳朵和临终之夜

花耳朵被大帆布袋拎来

雪白的身子下

花花绿绿的靠垫和毛毯

我们打算在此守夜

重症病房外的家属等候区

光秃秃的金属椅

又凉又硬。它探头瞅了一眼

继续蜷缩进绵软里

临终之夜降临，我们措手不及

围着它抚摸的几双手

全部撤回，懵了的人

眼神空茫，纷乱好一阵后

才发现，它竟从始至终未出一声

阿弥陀佛，也算有缘

母亲看着它降生，它送母亲离去

"此夜灵魂会依附它，要善待。"

大哥说的话让我再端详它时

顿觉它不一样了

眼神的光泽，让人心中一凛

雪白的毛色越发纯粹，两只

耷拉着的黄耳朵，乖巧温顺

一个月后，花耳朵送给了

另一位需要抚慰的朋友

至今再也没有见过

合欢树下

花已谢，叶虽绿得有些老

不妨碍它们抖擞着捧出

将满的月。天地间

好似又涌出了合欢的香味

故人们含笑前来

也没多少悲欣交集

沐着月光，不提聚散

互相轻轻颔首

我站在树下仰望

半生沧桑不过是一场盈亏隐现

风轻雨柔，又或者雷暴雪猛

都挡不住一轮月的涌出

此刻，在它永恒的光辉下

我想跟亲人们聊聊

关于我的新生，一次

与明月的邂逅

秋深物美

去菜场购菱角、嫩藕

适合尝鲜小酌

适合联想一塘的枯

也会想起有人从另一角度

使其"复活"

留残听雨，由是枯塘不死

忽忆某诗友

乌发披肩眉目如画

也曾拎过如此这般的购物袋

精打细算，离去前一年

刚好还清了房贷

以为接下来将有无数春秋

可尝鲜小酌

我不敢想她逝前的情状

转瞬七年，我挣扎沉浮

今天偶一闪念，开始心慌气喘

天已蓝成了无尽的虚空

出菜场，突起一阵大风

一片硕大的黄叶

触我肩头，仿佛看不见的时间
在伸手拍我
又好像被我遗忘的逝者
在轻轻拍我

去东台

没有直达火车，需中转

经海安最快，全程

五小时五十五分

某些年我们拖着行李箱

从一个站台奔向另一个站台

在寒风飕飕的月台伫立

等候下一列火车

某些年我们自驾

从清晨到黄昏

不管怎样，东台总能抵达

尽管熟悉巷弄的炊烟

早已变成了陌生的霓虹

至于亲眷，最后一位小叔

留下的儿女已形同陌路

马头墙石头井没了

香橼树被砍了

还剩下些什么呢？我的东台

还有迹可循

譬如虾酱醉泥螺鱼汤面

譬如兄姊的同窗，母亲的老友

有些更是刀刻斧凿

红砖楼

红砖方正厚实

构建的护佑，足以使

一群躁动的少年耗完他们的青春

我们曾绕着它疯跑

手扶红砖，墙内传来

琐碎的日常，和剧烈的对抗

偶尔狠狠摔门

等不到黑夜来临又乖乖回返

我们时不时地推搡，蹭着踢着

在它身上乱涂乱画

往某个单元门洞里丢炮仗

石子命中窗玻璃

哗啦一声脆响过后

一张惨白的脸挂在窗框上

长期关在家里的疯子被惊动了

红砖楼因此陷入了凄迷

但这并非使它倾圮的原因

随后陆陆续续的叛逃也不是

我们事不关己，无暇对它投去一瞥

才是比铲车更早到来的致命一击

丰　饶

从苏北到江汉，有相同有不同
比如大片平展的青绿或金黄，水波与簇拥的莲
比如网罗鱼儿之法，母亲的哭腔稚儿的闹
比如菜薹和茨菇

一辆大卡载着一家人
从平原到平原，路途并无多大起伏
激烈的颠簸来源于心与车背道而驰的拉扯

所幸平原浩大，越来越安稳
而分辨风物异同的忧伤，也从频繁到稀有
新年围桌而坐，虾酱和醉泥螺让我们
在两个平原之间的颠簸，只持续了几分钟

春风沉醉的夜晚

七岁时，我要离开了
满院香橼绿得没心没肺
依然在风中散着寂寂的香味
那么酸。我记得有一年
尚在人世的人递给我一枚
我深嗅，为不能剥皮而食
懊恼。及至年长，才慢慢悟出
浑圆果实背后的滋味
但牵我离去的人现在露出
困惑的表情
不明白我说的香橼
为何物，就好像那个护佑了
我童年的庭院
纯属虚构
春风沉醉，夜色昏瞶
她最小的女儿竟如此荒谬
倚在床边，如梦如幻
又无比清晰地描述着
虚拟世界的色香味

吃　蟹

五个人，五只蟹，一锅米饭

一小碗醋，混合姜末、酱油

先掰断一截蟹的尾足

用尖角细掏

掏出一小块蟹肉

就能吞咽一大口白饭

再打开蟹盖，要小心

黄灿灿的膏一滴也不能浪费

蟹壳凌乱，满桌鲜腥飘窜

差点让斜飞而过的麻雀

跌个跟头

你留意着隔壁的婆婆

窗边现出她花白的头颅

她的孙儿趴在窗框上流涎水

你真的还小啊，那么盼着引起嫉妒

毕竟，像这样全家聚齐

又能满桌狼藉，满庭桂香

风柔得像羽绒的秋夜

屈指可数

江南老蚕房

老光阴是绢质的

在烟熏火燎里

在霉斑遍布的青砖墙内

隐隐发光。从

密密麻麻的籽粒开始

懦怯的生灵

先灰绿、青褐，细小多毛

再肥白，食欲强烈，吃得下

整个春天的桑林

那时铺翠的手，黑铜质地

当暮色到来

桑绿覆盖的夜晚

蚕食的沙沙声

从春到夏

最后银丝奢华

照亮黑黢黢的老屋

祖母缫丝的手

先于老屋耷拉下来

蚕儿们不知即将倾圮

仍在茧皮里蠕动

相　遇

我拥有过许多奇妙的时光

在傍晚的霞光里，攀爬、蹦跳

翻篱笆墙，偷摘番茄、黄瓜

在沙堆里挖出地道、洞穴

叛逆与违规带来的兴奋

击败了我所接受的安全教育

所谓的危险，也只是在深夜

晃悠悠的影子拉长小巷

我靠慢数步伐，延缓后果的到来

无论暴风还是雷火

都会过去

就像眼前的老梧桐，矗立几十年

绑过跳绳的躯干疤痕累累

却依然抽枝萌叶

纷纷扬扬的落叶里，我与

年少的自己悄悄地相遇

黄　昏

我习惯在黄昏时泡茶喝

榆木茶台，紫砂壶青瓷杯

有时是玻璃壶玻璃杯

用来观赏茶色

自从父母先后离开

我的时间就越过越快

比如此刻，墙上的全家福

上一杯茶还五官清楚

下一杯，已模糊成

浓淡不一的灰色

我懒得开灯，并非陷入回忆

太久远的事已记不清楚

爱也不靠回忆活着

昏暗中我对着相框发呆

我活过了父亲的年纪

正朝着母亲的年纪奔去

从镜框里的三岁

到茶台前的半百

好像也就一盏茶的工夫

相框中的人也对着我发呆

而那一星茶烛，在我们之间

闪闪烁烁，仿佛在续接

另一个世界的暮色

馥 郁

桂花树下晾冬装

一些樟脑味的陈年旧事在花香中

窃窃私语。短暂的倒流

此时你的嗅觉、听觉正好嵌入其中

随后他们纷至沓来

光阴显得醇厚

可以放慢，可以发呆

或者干脆停驻

仰望漫天变幻的云朵

我们一生为之战栗不已的时刻

那个分发桂花糖的下午

在最小的手掌放入最大的一块

当香甜卷土重来，我们能否觉察出

那种偏袒，其实是

堆叠在皱纹里的稀有金属

说起桂花糖，又联想到甜的占比

手捧杯子，一勺便足矣

记不起从什么时候开始

甜味越来越淡，香味若有若无

好在植物的宁静一如既往

发芽、抽枝、开花、结果

这一系列过程弥足珍贵

使寡淡的空气变得生动

即使雨雪纷飞，枝叶凋零

生命的气味依然会从躯干上散出

它一再被我们嗅取，并辨认

那烙刻在根系里直指人心的香味

不仅仅是桂花树，还有

未雨绸缪的棉，自我摩挲的竹

沟回着复杂心思的核桃

坦荡释放的香橼树

老屋后院墙角的蓖麻

则是满腹发涩的苦。当我们认识到

所有生长的气味都珍贵

便无所谓杯子的大小，我们被馥郁包裹

尝出清水里的甜，内心柔软得可以

容下任何一粒种子的萌动

藏民农院

午后，大片荒无人烟的土地
车轮不懈转动，一座石砌院墙
静悄悄坐落在白云下面

院落外，藏族老阿妈转着经筒
低矮的背影，散乱的发丝
衬得藏区愈发博大空旷

走进院门
绛红僧衣的中年男子侧身相迎
院落宽敞，农具码放整齐
年轻的藏族女孩，弯腰举着水瓢
为我们淋洗手掌
垂下的黑发辫，有淡淡酥油的香味

他们不懂汉语，唯有
笑脸与热茶。感受慈悲与自在
也不需要说什么

湄南河

河水托着金闪闪的佛塔、寺庙

托着华厦高楼，也托着破烂棚子

铁皮塑料木板拼凑的棚子

看起来也并无不适

河水丰盈得像另一种宗教

黏合安抚着所托之物

但河水并不清澈

肥腻的黄绿色遮蔽着

水上与水底的真相

在东南亚阳光强烈的摩挲下

我侧身斜靠船舷

一阵阵诵经似的波涌中

内心全是现世金粉的泡沫

和泡沫般活在此刻的幸福

古逍遥津

马跃长河逃生的事
姑妄听之
出自清朝国师之手的
"古逍遥津" 四字
确凿无疑

我在父母的时空见过
一模一样的牌匾
端凝久了，父母的面容
他们教我读字的情景
都能一一浮现

现在是公元二〇二三年
距我父母携手于此
已过半个世纪
黑白照里的薄衫，显示
不是春末就是初秋
阴晴不可考
但杨柳的垂姿，湖水的波光
石桥与水光中的亭子
都相似。那就这样吧

扶老柳，倚桥栏

我模仿追随

人群拥攘，并不知道

两个时空的秘密

他们在，我看见了

他们也看见了

为一千次重来

都不能阻挠的相认

风，软得像一幅用旧了的棉被里子

同 游

——给武梅

在天津，我们骑着共享单车

一前一后，偶尔并列

骑行带来的风缓解了热

绕着老城区欣赏老房子

气派豪奢也罢，质朴温馨也好

旧时光里的人和此刻的我们

同属时间的浮光掠影

一百年的风华和陷落

谁能说哪段历史的伤痛更深刻

突然断裂永失我爱与缓慢消逝

哪一种更易于接受？

你说独居的人有点牵挂就不寂寞

是的，我说只需一点灵犀

就能将异域转为故国

我们都是能预判悬崖的人

只要不死，方向盘就能握住

我们只经过不打扰不陷入

万箭穿心的人拥有克制的语言

愿意偶尔平静地叙述，就像

分享半张煎饼果子

比一整张要香脆得多

在金口槐山矶驳岸

看得出湍急水面漩涡涌动

看得出古条石相当稳固

我还是不敢

踏上近水的一级

站远了看

率先踏上去的樊星教授

像一苇渡江的达摩

再站高点看

夕阳下的江面平静辽阔

石驳岸上的一群人

显得很小，看不清表情

也不知在说些什么

只记得那一刻

被浓郁的香味包裹

我和农记者正研究着苦楝花

而笑忠兄当时举着一截枯枝

指点着石雕栏，他的发现很有趣

他说：鸟屎，每个柱头上都有

植物名

除了梅兰竹菊

我认识的植物还有

香樟、丹桂、杨柳、桦树

茅针草、蒲公英、野胡萝卜花

芦苇、芨芨草、看麦娘……

可以写满一部厚厚的大书

可以从嗷嗷待哺

一直葳蕤至

往生之后

香橼和构树

属少小邂逅，老大之后又不知所终

香橼姓张，在苏北盐城东台县

挂满清香的绿果

构树姓高，在丹阳运河边

外婆家的门口，烂兮兮的红果

噼里啪啦地坠落

雪　夜

失眠的人在雪夜，嘀嗒逶迤
身形无靠，只有雪越积越多
风刷疼脸颊，风提醒我，风吹散我
吹散最后一丝牵系

风吹来长路，一路上雪滚烫哭声滚烫
姑姑，你轻飘飘来，又掠过我
飘向空荡荡的世外

我竭力辨认碎落在雪地里的足痕
看不见了，雪不停扬撒，一层又一层

我又急又愧，为没兑现和不在场
恍然间，从江苏到湖北，已覆了一世的雪

散　步

人字拖，短衫短裤，天气热得

稍微正式点的衣服都显累赘

途经爬满藤萝的民国楼

典雅深邃，还蓄着旧时代的清凉

搬来此地已半年，每日傍晚我都会

绕着街巷散步

沈阳路、长春街、张自忠路、陈怀民路

……

方圆几百米密集着东三省和众多的抗日英雄

霞光点染下，浩气还在，热血还可以当歌

一年的租期太短，要走遍

这里的每一个角落，细读每一座老宅

每一块标注了年份的纪念牌，尚够

但要看它们在四季变换的光影下

在越来越大而无当的扩张里

如何缓慢而又镇定地窖藏人世的醇厚

则太过仓促

照常升起

在鲜亮的光线里洗切炒煮

又在鲜亮的光线里小酌

困了，倒头就睡，醒来后

光线绵软，像燃到尾声的篝火

噼啪作响一会儿，就听不到了

就是这样，一个人走了之后

剩下另一个人独自明暗

光线没有悲喜

悲伤在光线之外，像一本丢弃在

角落里的日记簿

没有一页纸能记起光线中

一笔一画的书写。当然

一个人存在过的记忆

没什么了不得

就像人类史对于地球来说

没什么了不得

至于丧失带来的哀伤

又有什么了不得？

仅仅是"不能战胜自己" 这件事

让我沮丧，但沮丧也没什么了不得

黎明很快又来了

一只飞抵窗台的鸟

衔来的光线，新鲜如饱满的籽粒

第三辑

月光般永恒

构 图

你那么安静

像天空忍了很久

雪

终于悄无声息

一片片，轻若无骨

我要说的是第二天清晨

第一眼

沉甸甸

刺目、决绝

我像空无一叶的树

支棱于

你的白茫茫

你在赶来的路上

茶已泡好

始于 1957 年的福鼎白茶

像你，慢悠悠地香

而我急如沸水

泡茶，水不能太烫

2021 年的我更不能太烫

盖好白泥壶，焖会儿

也不能焖太久

茶浓过了头，香就没层次了

关于茶道我是外行

但今夜的茶带来了点什么

比如不要急，也别刻意延长

该多长就多长

你在赶来的路上

这已是我喜欢的香了

像一壶新泡的好茶

你在赶来的路上

我之所爱

光照在书页上，茶几上
被金橙色框住的后背暖热
前胸却寒凉
我像一张颓废的藤椅
就算托着经典
也读不进去

我之所爱，总是带来
情绪的冷暖交锋，形成的雾气
增加了对自己的误读
光照射着密集的车流
那么多的说走就走
激情的光芒下
我只是一张颓废的藤椅

阳光持续盛开
到傍晚，也未见萎黄
斜斜地照射，直至戛然而黑
而我之所爱，吸饱了光热
开始闪烁

赛里木湖天鹅

交颈的天鹅扑腾起翅翼
随后双双飞升盘旋

落单的一只静浮于水面
大风刮起波澜，它微微晃动身姿
仿佛乱世遗落白璧

这样的美，让我想起梦醒时分
那湛蓝的早晨，想起邂逅与别离
想起忍不住落泪的人
随后爱是一汪清澈慈悲的湖水

归　宿

仲春的田畴，桃花已谢
油菜花则开得一点不犹豫
岚烟笼罩下的村庄，潮湿冷清
只有雀鸟儿有着异常的欢欣
你指着树杈上的鸟巢说
"好多年了，越搭越大。"
是啊，自然界只要不出大意外
它们就可以一直构建自己的宫殿
我在想那衔来第一根树枝的鸟
不知已化成了哪一块春泥
继续前行，行至荒地
听见狗吠，远处响起砍伐声
你回归不久，猜不出是什么操作
又有太多的回忆
那些生于斯长于斯的情节
就像衣服上沾染的花粉
潮湿地黏附，丰富又细腻
再没有什么可以打动我了
我将归宿于此，或者

在几百公里之外

凝望这里

长久的清新

每天早上醒来，都是同样的窗景

去年种的竹，叶未黄也不鲜翠

像当下的世事与环境，不生也不死

远处高楼林立，仅露一线天光，一角青山

楼下新修的马路，直通商业中心

卷闸门轰隆隆此起彼伏

喧嚣就要开始，就要逼退日出时的甜美

再躺会儿吧，人群蜂拥之前

还有一小段私密的间隙，可供剃须膏

与脂粉香充分混合。再匆忙

也没忘记亲吻的人

可以存下一整天呼喘的清新

陌上花开

横刀立马，铜身刚硬

岿然湖边者，守着美轮美奂的城

他目不知书，常谈的无外乎刀剑兵戈

却有艳绝古今的情句

"陌上花开，可缓缓归矣"

艳羡那时抵达的缓慢

要翻一座岭，要过好几条溪

在一路的陡峭和湍急里

揣热不著"爱" 字却情深似海的信纸

月光般永恒

短胖的手指夹着雪茄

支颐着门板桌

一盆铜钱草，蓬勃翠绿

映衬裸露的干净手臂

稚童般圆鼓鼓的腮帮青色胡楂

小腿跷起，在舒适与骄傲之间晃动

休闲椅里，圆胖的肚腹

与微微斜睨的眼神

形成反差，沧桑

明显比傲慢多一点

植物们簇拥着他，一枝吊兰

斜伸出柔韧的茎叶，悬垂脑后

仿佛在宣示：他的还乡

有高于衣锦的格调和气质

他并没有意识到

雪茄升腾的浓香烟气里

虚荣的致命性

凝视他的人，对命运的预感

也暂时被春光隐藏。凝视

是另一枝吊兰

那一刻，他充沛又纯真

使你不得不信，灵魂是内在的固有的

不会因成败受损

你爱过他，无限迷离又无限确证

你伸出过手，相拥的气息

月光般永恒

抵 达

深蓝色的黎明里，你的脸
像一抹晨曦，皎洁透亮
像许多年前你经过我时的模样
让人诧异的是
在此之前，我们并未相遇

这不重要，白天那些纵深的沟壑
夜晚那些哗哗响的河水
时间形成的路径
我忍耐，我跋涉，每一步
都是在抵达你

停靠荒地

人在旅途的孤单

如檐下冰凌，凛冽的美

暮色四合时停靠荒地

冷风胡乱刮着

淡薄的日光灯下，一间旅店

突兀、简陋，挤着一群人

着装统一，口号统一

而你是唯一的个体

人声喧哗，没人留意你

这很好，幸福可以悄悄流转

你可以悄悄地等

你等的人正驱车疾驰

你才不管是梦境还是现实

要抓紧时间不断发出

准确的定位

归　根

角落里的坛坛罐罐

要等黎明的第一缕光线

才能辨认

爱无须辨认

爱就融在每一寸黑里

高的阶梯，矮的家什

冬日枯枝搅和泥腥

归返与落定的气味

打开一盏灯，往昔瞬间清晰

风尘仆仆的叶子

落下。他四处逡巡

末世偷欢般

摄下影像

发给了最后爱着的

还来不及带回家的人

接 纳

星光淡了，茶香也淡了
代之以烟草，混合厮磨的发香

你像河岸的一块石头
沉酣在星空下
只有水流与柔滑的鱼尾伴随

而我的思绪，蛾翅颤动般
纷纷扑落亢奋的灰粉
被夜色托举
在枯枝抽出的绿叶间

整夜，我都在你的鼾声里起落
直到天亮，我还不肯将自己打捞
多么憨实的胸怀，听着听着
睡意沉沉向我袭来

夏日之恋

七月，传书可生凉
远山在我枕边起伏，月亮在我窗边升起
数以万计的流星，划过我们的头顶

九　月

九月燥热也润泽
果实低垂，稻浪涌向天际

穿过汩汩的汁液
可以顺利进入

老宅里的九月
所有的事物纠缠着发酵
篱笆院落，藤椅木桌
停摆的老钟，以及大锅土灶
到处爬满陈年经久的微生物
黄昏时发酵到了最高峰

我们都忘了惯常的缜密
松弛得像一个崩开的棉桃
收割、摘剥、吸吮

而我们热爱的树木
一棵比一棵谦卑

任凭我们摘下一枚枚果子

也只是微微晃着

摇落几片叶，在我们的发际或肩头

月 夜

奔跑了一年的云

年底的晴寒里

她要落下来，成为连绵的雨水

他们相拥，倾泻

多么神奇的月夜啊

又大又深，又小又迷离

他们是两束光

也是两种黑

将彼此照亮，又将彼此掩藏

硬茬

我爱着一个失败的人

像一块嶙峋怪石，挡在我的路口

撬不动，踢不开，也烧不融

是个硬茬

我也不知道爱他什么

或许我爱的只是以此塑造的自己

由我不能担负不敢触碰的材质构筑

花岗岩。一千摄氏度的火。烧得通红的木头

……

变成余烬后，我的爱既没增也没减

我继续抱着南墙下的影子

不悲不叹，也绝不另觅他途

我把自己爱成了另一个硬茬

朝无信义的世界砸出拳头

飞 蛾

小满日，短暂的晴又阵雨

我穿梭于大街小巷

风般轻盈，仿佛寸步难行的老年

根本不可能降临

之后黄昏，又一次陷入颓境

激情与孤寂出现于同一副躯体

无法扭转，命运

是一坛泡菜老在酸水里

不想舍弃就吃掉它

为此我像即将燃成灰烬的蛾子

朝着光源旋飞

而你微笑，把火光又调亮了一次

沉　默

一帧半身照带来复杂的情愫——

溅满石灰泥点的裤子

看不清颜色的鞋

裤子软塌塌皱着

粘在鞋带上的水泥已硬壳

这是他随手朝下的自拍

没拍上半身，看不见表情

就更惊心

那是一天比一天的沉默

当困窘、艰辛揉出的沉默

具象在眼前，当他裸出伤口

空气里弥漫着淡淡的甜腥

你为跟他探讨那些与生存无关的问题

感到尴尬又羞愧

又一天的你

雨后，夕阳穿透云层

乌桕树的叶片，像镀了层金

室内，由幽暗转明媚

肌肤回暖，但很快

敷抹额头胳膊的光淡下去

从流金到灰白

乌桕树暗成了神秘的剪影

光阴更加深邃

黑暗迈着猫步，正静悄悄地

就要抹去又一天的你

想起这一年不知有多少人

被彻底抹去

你并不慌张，只想知道

爱与肉体，哪一个先行离去

光，逐渐消失隐匿，你怅然

又莫名地庆幸

就像一个幸存者，不知该对谁

感激涕零

自 足

我的孤单是微雨润青竹，是瓷杯映茶色

是丝丝清风透窗而过

是择菜、清扫、品茗、读书

是光影斑驳西斜时的若有所悟

是淅淅沥沥的等待也不能淋醒归人时

依然能保持的自足

因信你不疑不仅源于你

更源于我

清　晨

清晨，鸟儿激动起来

昨夜的纠结，被一波波霞光推散

窗外山色妩媚，粼光闪耀，大湖醒了

有人荷锄而来，鱼腥气的水花，正轻轻拍散他们的倒影

哦，要相信这来自人间的治愈与抚慰

大寒日

傍晚倚靠窗口
由老树叶和浅灰秃枝
构成的寒夜
被一顶亮着暖光的红帐篷
顶出温热的弧度

帐篷里花圈挽联，人影绰绰
热闹而有序。他们来回走动
像是在收集、整理
刚刚出门的亲人交代的事

独闷家中，病痛了三日
我在一室的清寒孤寂中
有些着迷地看着
大寒之夜，带来生动暖意的
竟是一个人的亡故

雪山之巅

雪雾弥漫，氧气稀薄
几步之内的轮廓，虚飘、模糊
清寒中呵出的热气
在海拔 4806 米的峰顶
消散又融合

雪雾遮蔽了深渊，参差的岩石下
灰蒙蒙一片，飕飕的风，如狼嚎

我不是说你胆怯
稀薄是常态，大口呼喘吧
我们也可以试着
共用一罐氧共握一根绳
用艰险促成的相认
坚不可摧

雪，寒气如刃
在所剩不多的相聚里
请握紧我的手

简单些，再简单些，一步步往下
以高处跳动的心率，去履
那些深不见底

惊　蛰

云在天上急速翻涌

大地某个角落

她是一团烟灰色

独自穿过翠柳街，转上东亭路

云忽然裂开一道口子

天空水洗般豁亮。她感到身体里的树

新绿簌簌。她哽咽

——浮生再浅，依然如常惊蛰

酷　热

三伏天的傍晚，受伤的腿

纱布裹了近一周

还要忍两天才能拆

走出超市，通过地铁站

过十字路口，拐进小街

美食店、宵夜摊，酒肉混合的酸糜

又过一个路口，空气越发燥烈

瓜贩子歪坐着，斜射的夕光

照得他蔫头耷脑

热成这样，瓜似乎都解不了渴

到达住地小区时，天色已晚

古典灯笼灯，映照着红砖路

好了，到家了

不会再有人打扰，屏蔽掉所有

强人所难的邀请

我决定关好房门，痛痒自疗

一本好书，一壶好茶

可解宇宙孤独又浩瀚的渴

真正的融合从未发生

绿荫环绕，一个人的伫立

让黄昏变得漫长且愁闷

四周绿植涌来苦味

亭子带来的仙境，四面透风

高高翘起的檐角

像不屑，又像是怜悯

被你撤去的茶桌

真没必要挽回

有些事开始就有预示

无以为继的窘境

并不鲜见

我记起下山路上见到过

一只鸟尸

僵硬得像从没活过

而四周环伺的美人蕉、绣球、兰

在貌似匠心的繁花布局下

有种突破设置的残忍荒寂

阴差阳错

立春后，天气冷暖不定
一不小心，跃雀变企鹅
出现在车站的你
笨拙，滑稽
败给了轻松自如的旅客

太热了，你取下围巾和帽子
薄呢外套暂时不脱
这么轻易就推翻像个笑话
出站后阳光更猛
热得不便靠近不能牵手

此后，漫长的孤单里
你着装妥帖，冷暖适宜
偶尔想起那场相约
想起阳光把两个不相交的影子
拉得那么长

想起降温的雨
快散场时才淋下

搁 浅

山路上的野莓，被我一而再地摘下
递到嘴边。细竹挑着青叶
随风，时缓时急，一路摩挲
同行人时浓时淡的情绪

青苔小路，来回踏三遍
扯些金银花，还有艾，在掌中搓揉细嗅
虎背园，香樟繁茂，睡莲秀美
适合摆茶台，泡普洱，发呆或聊天

夜晚暴雨，到早上还不见停，归程受阻
那就搁浅于此吧，我们还有半生，可以虚度
可以延宕，就用你的缓慢
用你大雨如注的绵厚，像仙子湖
漫过黑夜般淹没我

微 醺

你说，路灯下飞舞的

不是蛾子是雪片

你说，风呼呼吹，吹来了我

就像吹来了好几座大海

你说所谓的混沌

就是某种程度的清醒

酒香涂抹的舌头，还在夸海口

说雪落了一整夜，二十年的深渊

已填。说接下来的沟壑

准备接着落接着填接着哭

说我是半生灾难的幸存者

你也是，但活着的艰辛

不该湮灭爱的路

雨中的庭院

凌霄花开得盛大，花朵密集
湿淋淋的花瓣砸在木桌上
像不堪重负的爱情

对面的亭廊被蔷薇、绣球包围
橘黄色和蓝色，纱帘纯白色
你是铁锈红。没有风
噙着雨水的花枝不能妄动
摇曳是昨天的故事
今天是另一种

陷在人群里，说没有滋味的话
一眨眼，你的身影就不见了
上次也是，先是摩卡和普洱
再是烤肉与啤酒
你忙碌在两拨人马之间，风马牛不相及
却被你安排得妥妥当当

而在那间木格窗的办公室

共处的几分钟

她静默在你的静默里，各怀心事

像那扇木格旧窗，挤满

五月茂密的叶片

在夹缝中，在时间流逝的湿气里

写给安娜·卡列尼娜

第一次从同学家的电视里

看到你，我惊叹

华服、美妆、舞会

除了惊叹，更多的是妒忌

不是妒忌你，你对于我来说

太远了够不着。我妒忌的是同学

我家没有十八英寸的彩电

我家没有做印尼富商的亲戚

哦，亲爱的安娜

如果你生于贫困，陷于贫困

还会不会那么在意爱情

火车呼啸而来时

你还会不会跳下去

原谅少年人的无知吧

现在，我知道你还会跳

不仅仅是因为爱情

繁 花

早开了几天的白玉兰

有点萎黄，紫玉兰正艳

几棵樱，纷扬飘坠

垂丝海棠和紫荆，迅即上场

梨花白得比樱亮

最早的是李，已落成满地霜

每每经过，我驻足唏嘘

但这不算惊心

樱树下，泊着你的黑色驾车

你静悄悄坐在里头

等我。走近，却空空如也

哦，你已被留在另一座城池

驾驶座上晃动的人影

是我的幻觉。而在幻觉之外

无数细碎的花瓣

携带暮春消逝的重量

真实地砸下来

霜降日

此日居民宿
窗外，满坡绿竹
万籁被霜凝固
凉幽幽的静
咝咝游蛇般钻进来

太寂静了
什么也听不到
我合上眼帘
渐渐摆脱了时间
滑向了无梦的空白处

被白色床铺托着
没有影子没有记忆
语言也遏止了
没有什么需要挣脱或获取

黎明的几声鸡鸣
又带来了此时此刻存于世
把我重新押回了时间的掌控

午 休

当紧绷的中年降临
当短暂的歇息成为一幅名画
最惬意莫过于
酣眠之上，深邃的蓝天

熟透的黄是主色调
胸口蜷伏一千株疲软的秋草
耗尽水分和青涩
柔软地烘托。锋利的镰
停歇了
陪脱下的鞋，一起充当
被临摹的静物

我也想和你一起成为静物
彼此依偎，被艺术地临摹
成为还在播着割着的那些人
羡慕不已的画幅

荒　村

除了新春祭祖留下的红色碎屑

再无人迹。好在初春阳光明艳

湛蓝的天穹下，幕阜山

绵亘得悠远又欢悦

一种极醇厚的静

在断墙夹道间凝聚

我在一间间空屋门口探看

木窗门扉，没有任何期盼地

敞开或关闭。被弃，是宿命

荒废，则是自作聪明的主观判词

对于那些熏过烟火的红砖来说

离彻底倾圮，还有大把时间

可以生出柔嫩的苔藓

它们婴儿般的新鲜安抚了我

来，陪我坐下小憩

倚靠一截阳光晒暖了的墙壁

在彼此身影形成的庇护下

不用担心任何事

此刻我刚刚萌生，此刻不是永远

但我们可以永远

荒无人烟地爱下去

厮 守

晚餐后，辣椒小炒肉的香味还未散尽
你熄灯，泡普洱，黄昏幽暗、甜美

我们彼此倚靠，仿佛身子底下
不是一张沙发
而是一片沙粒细润的海滩

时间可有可无，又浓厚稠密
一波波涣散，又一波波凝聚
你是神情严肃的船长，偶尔揽紧我
偶尔紧握一下桅杆
这赋予了我勇气，去审视与瞭望

另一个我：她的缥缈、执迷与昏聩
如同曲折而又漫长的海岸
椰林的阴影下，阔叶与藤蔓纠缠
礁石迎着海水，浪花飞溅
那么多的随风而逝

那么多的模糊，唯有我们的清晰

改变了暂居者的命运

火

在山上

围坐火塘的一刻

红彤彤的美妙

黑铁壶里的水

滚沸着

埋在灰堆里的红薯

香气四溢

火香了

是春天小树林的味道

屋外，雪在飘

这些凑齐了

我的幸福

你却执意离开

要下山

要把渺小的身体

绑在巨石上

你扑灭这一刻的决绝

比夜还黑

出埃及

山风从未留意过弯腰的竹子

赋予折断声以悲壮意味

纯属自我安慰

但你坚持，像耗尽了平原的摩西

方圆几十公里奔波拜会

只为强撑一席之地

高处的翻云覆雨

淋洒到你的头顶的几滴寒凉

凉透骨髓。人性漆黑难料

星光都还在天幕上

天启或神示，可能只会发给

那些停下脚步的人

唯　愿

唯愿你从未出现，我就不会坠落
就不会长满毒牙和棘刺

以毒攻毒，毁灭或者点燃
避无可避地相撞
散裂、孤独、隔膜。互相
穿透又排斥
毁坏秩序又维护秩序

我即是星空下的尘埃
又是整个宇宙，五脏肺腑血肉充盈
分离的疼痛，增加了灵魂的密度
死亡只是越过临界线，向更旷远处

唯愿此刻是一块墓碑，无须凭吊
唯愿被你抚摸过的地方，寸草不生
再无一粒种子需要萌出

白　堤

我在白堤上的恍惚

是另一辆虚构出来的油壁车

水晶鞋

灯光照亮了我的"水晶鞋"
透明塑胶仿制,虚假的华美
被你赞叹,却不知我的脚
已打出血泡

童话故事背后的残忍
讲故事的人从不负责说出

被磨损的我,每一步
都有新鲜的血渗出
又痛又羞。哦,我要脱下鞋
我要光着脚重新走进你的视线

致译者

我在第一卷里徜徉半月有余

小五号汉字，密密麻麻，叹服

译者的耐心。耐心还是其次

是如何做到的？将

19 世纪法国贵族肆意的绵密

糅进汉语，融汇出的典雅

让人忘了东西方的文化差异

是怎么做到的？将繁杂捋清

哦，是的，精准

才是语言共通的标准

写小说的牛拉断言我读不完

编故事的人啊，我为什么要读完

七卷两百四十万字的细密透析

一个人从生到死无数颤动的瞬间

沉醉于译的人，荒疏了对父母的陪伴

先生哽咽了。那就停下，搁置

流年不息，有一种坚持就是放下

我又何必急着读完

不能共情的围障也发生在

同胞之间。但无论同疆还是异域

都有可能见字如面

先生用三十三年的研究获得数学之美

又用三十年镂刻语言的翅翼

颜色与脉络栩栩如生的语言之美啊

先生说：感谢大师，让我享受了文学

夜读东方古书

黄昏读过的字

在夜里也未淡去

书里的人越发形神兼备

甩着衣袖，吹拉弹唱

从朝代的缝隙里露出

士子的美，美里的悲伤

如尖锐的喙，一下一下地啄

几百年后被大风展平的夜

无眠的黑暗里，光亮

只需按一下开关键

省却了点火剪烛的烦琐

也省略了渐渐亮起来的过程里

心随火舌的颤动

哦，没必要了

谁又能被谁点亮并安慰

还是翻过这一章吧

直接跳到无梦的最后

我在孤与群之间

继续建曲高和寡的屋檐

屋檐下的时间全由我支配

我沉醉在别人的精雕里

细琢着自己的生活

累了，就呼呼大睡

石　头

以孝之名你忙于重建

给自己阵亡的梦，再来一次

残喘的机会

在你原初也是最后的领土

这次不会一无所获

茶台摆进凉亭

黄昏还有很多，无人对饮

亦可独酌

铝合金窗框虽不搭调

老门板桌还算押韵

新人无法加入

不是因为听不懂方言

古音再拗口，渊深

深不过代代相传的执拗

换个视角，隔空俯瞰

——孩子们嬉戏在老人身边

柴烟熏开失眠的夜幕，院子里

阳光晒着裹满湿泥的红薯

桂树摇摆的枝头

一只鸟重拾昨晚的歌喉

渴望显得不再重要

理想只要秘而不宣

到最后，都能变成滚落的石头

停稳后便陷入永远的无知无觉

小　区

她紧随人后，进了小区
去年春天租住于此
熟悉的红砖路、铁艺灯
已是深秋，玉兰、樱与海棠
空着枝头。刚搬来时
她在花海里走错过几次
渐渐找到标志，自家门前是鸡爪槭
相似的另一栋门前，是两棵乌桕
再然后门锁咔嗒一响
镶嵌着细条镜子的客厅墙
独自在家，也会人影幢幢
最惬意听着卧室窗外的香樟叶
被雨水摩挲
冬天在阳台上赏雪，盼望
春风，再度茂密小区的李子林
等到果实累累，吸来饕餮的鸟
咕儿咕儿，叽叽啾啾
他们辨听鸟鸣时，并没有意识到
花树簇拥下的并肩与相对
已耗尽了他们的时空

鹿

我一直深藏

不敢轻易说出

迄今找不到合适的语气

太重，怕碎了

太轻，又怕飘走了

捂着嘴，就不想再按住胸口了

就让它跳吧，跳到最初的那一刻

跳到野风终于将我们吹散

又聚拢……

第四辑

南方的秘密

初 秋

切割水泥的人被关在灰尘里
和机器混为一体
灰尘喷发膨散，混合水汽，江城
经常由一团团灰雾组成

烧掉了杂质的天空，蓝得让人觉得
还可以活一万年
但工程永在，仍有一万年的
汗流浃背
轰鸣配合阳光的热辣
无穷无尽的工地，障碍着延缓着
终点的到来

也不是全无希望，更非全部的湖北
要等，要等一阵突起的秋风
你闭上眼，就能嗅到
田野上涌动的麦穗

访通山

春深似海，总有不被打扰的角落

悠然长出粗壮的枝

见惯了虚弱的李子树

蓦然惊见庞然的伸展

密密苍苍的叶海

覆盖山坡，缓缓向上的行走

有了虫蚁般微细的自明

水泥柱上篆刻着豪雄的大名

身故几百年，后人忙着

郑重其事地碑刻与捧场般地盖棺论定

重要吗？

任凭谁，都不能减缓一丝

这山坳不屑一切的苍翠

枯莲有梦

初秋的莲蓬

躺在书桌上

从饱满的青绿

躺成了枯焦的暗褐

插进陶瓶

配上几枝芦苇

我一开始

并没有注意到

斜躺在沙发上的母亲

已打起了盹

她紧裹着褐色的外套

萧瑟但轮廓饱满

就像

枯莲有梦

太阳河

给一条河命名，除了词典

还要有清澈的眼睛

曲折的想象力

雾散后，阳光如金质的船桨

载来无穷的富丽

说来也简单

能滋养出十万亩葳蕤的

不过是光和水。宇宙原本就是

一场神奇的化学反应

你只需顺着水纹，就能

一步步与原乡与光明接近

乐　土

犀牛、猕猴在寻

金猫、水鹿、云豹也在找

白鹭抢了先，占领了最高的视角

在鲜润的空气里惬意展翅

乐土是溪水、山谷、林间、湿地

更是一颗善意的心

如果徜徉不必担心猎枪

游弋不必担心渔网

一只蝴蝶与兰花的亲吻

不必担心兜网

还有什么比不必担心

更理想的乐土

一场大火后的独克宗古城

巨大的转经筒矗立在古城入口处

天蓝得还可以指引一万匹矮脚马

驮上茶叶、盐巴，一步一步

沿着幸存的石板路，走向白云深处

鼎沸市声，暂歇

像是需要在瓦砾堆上酝酿

更符合时代的吆喝

废墟上，仅有的几位商贩

正凭通用的货币坚持着汉藏融合

除了被熏黑的一排旧楼

一切安详得像被火炙烤也算不上灾祸

几位喇嘛走过，袈裟飘拂，神态淡漠

仿佛在告诉我们——

万物自有劫数，也有自新的路途

致长眠的驯鹤女孩

你沉睡的地方
芦苇摇曳得漫不经心
雪松、香樟、苇草混成一色
水域和天空齐平
风还是你生前的腔调
鹤，懒散了些，头顶一点红
依旧鲜艳

这些，加上此起彼伏的鸟鸣
构成了你的永远
当风带来浓重的咸腥气息
我才发觉，你拥有的远不止这些

那些江河里暗涌的沙粒
在你脚下，正不懈地翻滚、沉淀、堆聚
土地有多深广梦就有多沉
这让一批批拿笔而来的人
以及他们的祭拜、歌咏
显得力不从心

在甘家湖

大巴在干热里驰行

实在太大了

几乎没有建筑物参照的疆土

时速 70 公里，也像虫豸在爬行

我们要去甘家湖

一路上却看不见水

贴地的抗旱植物

窄小的叶片，密密麻麻

但不能因此就轻易判断

沙土的心性

是的，人有人的心

大地有大地的心

被特批才得以进入保护区

应尽力保持拜谒的心

笼着灰白色烟尘的梭梭林

渴到了极致

但细枝蓬盛遒劲

无法想象一丛丛根系里的力

一条与沙土同色的小蛇

蓦然闯入是个意外

它也忍不住好奇

想一窥喧声的究竟，懵懂幼童般

哧溜一下滑窜，又迅速逃逸

人与自然相互大吃一惊

弧　光

初春的雨水持续清洗

山色清淡，水墨未干地晾在雾岚里

绵密的湿气渗进来，窜进

颈项，和绷紧的肩背

雨水中见到的行人大多紧锁眉头

田间劳作者的眉眼则分外舒展

再没有比此刻的泥土

更温厚的事物

种子与嫩苗蠢蠢欲动

再没有比此际更伟大的时刻

能匹配的，永远是

三月雨水里高高抡起的硕壮手臂

以及各种形状的铁器

划出的弧光

高处的晦暗好过低处的虚明

他爬上新铺的房顶，接通照明
夜来了，黑压压一片
四盏五瓦荧光，撑出一隙微明
天空吝啬，云层将星月抹去

老瓦工的影子摇摇晃晃
手头的活计变得可疑
还有哪些没加固？他眯着眼
新型的枣红色顶板，柔韧漂亮
接下来的日子里，它们将提供庇护
自然界的霜雪比人心的霜雪好挡

在偏于一隅的微明里
看清未来是种奢望，专注眼前
可以忘了焦虑。勿打扰
就让他在房顶多坐会儿
高处的晦暗，总要好过低处的虚明

石头村

几乎所有上了年头的柿子树

都有半米多高的拴痕

下细上粗，貌似头重脚轻

却一点也不妨碍它们抽枝萌叶

在石头村，除了缝隙中的草

寒风中摇摆得可怜

那些垒成墙，或堆成垛的石头

则岿然不动。空成一张皮的柿树

最老道，弯曲的老皮之上

蓬开繁茂的枝叶。想象一下吧

深秋时节缀满果实的丰硕

如果我们不触及一些人类的豪言

大自然将会提供多少坚韧供人依赖

研讨会

枯坐会场，在抖动的麦克风

与咳嗽的茶杯之间发呆

想逃出去，逃回我喜欢的地方

譬如伍尔夫说的那间房子

大书架上，挤满书籍

大师们的黑色文字

是雷电、锋刃，痛苦的黄金

我模仿着刚写下半首诗

身后就传来窸窸窣窣的动静

拄着拐杖摸索的母亲

很久没下楼了，见我在家

她笑得很开心

我暗下决心尽量不外出不争辩不凑兴

我是芒刺、药水、纱布，是秃了又绿的枝

是金木水火土……

是那永远的半首诗

永不投靠

任何一个贴着标签的抽屉

冶　矿

闪电劈向石块，灼出晶亮的蓝紫

星星点点。香薷花穗摇曳

预示全新时代的到来

斧、镜、鼎、剑，生产可供繁衍

礼祭却聚不拢江山

其后一柄利刃横空削薄山体，打造

一顶又一顶王的冠冕

皮绳朽烂，竹简散佚，血与火

伴随呛啷啷的金属声

青铜文明起，青铜文明衰

烙印人心的英雄

一手托鼎一手执剑

冶炼工忍着骨缝里的痛，一边叩拜

一边仰叹：成者王败者寇

总有尽头，不止矿山，乌飞兔走

开疆拓土让位给固守的城垣

暗无天日之处，越匍匐骨越痛

屈蹲者陷入自身的盲井

私挖被禁，靠勤奋拼出的阶梯

悬浮在空中。挣扎艰难

一些人从井底探出半截身体

灰白的头颅排成一片

一条望不到尽头的矿洞黑乎乎铺开

香薷花不语只管摇曳，紫色花穗

散发淡淡的腥味

协　议

大雪飞降，严寒阻碍了奔赴

车轮陷进不甘的坑凹里

平坦处观望的人们

亦未得幸免。向内看，人造的温暖

有些可疑，闷燥、窒息

老掉牙的腔调，不断压制着冒犯的声音

向外看，无数张脸正在失去辨识度

一些发不出声，一些竭力争辩

还有一些墨守成规腔调统一

我悚然心惊：我在哪一些人群里？

要凛然端正，要清新自守

除了关紧门扉堵上耳朵

还能做什么？如果不能破解

就勇敢地质疑、追问，以此建立一个

人的国度

风来花稀

又一年，看桃花的邀约

纷至沓来。无须沾沾自喜

每个人的茶凉是迟早的事

想看就看吧

人世无常，翻云覆雨

不管屋檐下多泥泞

那花瓣也能飘成仙境

桃花的美，并不能抚平

零落带来的不安

不仅是伤春，也不仅是

果农的收成

灰蒙蒙的天空下，大风撕扯花枝

被欣赏过的山村，游人散去

孤清如八大山人的水墨

她看不清什么了

已经老得杂草丛生

没有一枝桃花能补偿

无果的一生

老人们倚靠在一起

春寒料峭多雨水，老寒腿

隐隐地疼。岁月磨损的身体

比镰刀下的枯枝还脆

高分贝厂矿敲打过的耳膜

听不清字斟句酌的解释

也分不清善意与针对

他们相互搀扶

走出日渐颓败的宿舍小区

想想他们也曾拥有过的清晰吧

那些春天的故事，红彤彤的年份

汗水浸透工装结出盐粒

机器一开，日子咬合齿轮

就能按部就班开枝散叶

再然后，在粥水渐稀的清晨

参加颤巍巍的聚会

雾霾湿冷的早春

众多的暮年，倚靠在一起

死 木

残酷的事时有发生

砍削、勒锯都不算什么

无论以何名义的暴行

都无异于给自己打一副棺椁

人类豪言太多

我不再信必胜的承诺

世界是一棵迟早折断的树

我曾在普达措森林

见过各种形态的死木，泊在水里

几十年不腐，仿佛附着了灵魂

它们是幸运的，而我们无处可泊

一粒星球的末日微不足道

宇宙之大，远点的地方，要到亿万年后

才能感受到地球崩塌时

辐射出的一丝引力波

无声最响亮

梦中醒来

见到铺天盖地的雪

落光了叶子的乌桕

雪裹风吹地颤抖

翻箱倒柜找出一件

母亲穿过的冬衣

嗅到熟悉的味道

有人发来问候

你回复，等了半天

那人却再无消息

哦，所有这些

心的悸动、跳跃与止息

都是响亮的

深信不疑的旗子

突然掉落半截

一路的白菊黄菊默默铺开

无声最响亮

被丢弃的棉絮

绿色垃圾桶上覆盖着一床棉絮

八成新，松软干净

我忽然记起一周前，这栋楼

办过一场老人的葬礼

棉絮会不会源于此？想到死者用过

我打了个寒战，加快步伐走过去

开始落雨了，我撑开伞，忍不住回头

那床棉絮像极了委屈的老人

正皱巴巴地淋着雨

经常在此捡垃圾的婆婆出现了

她像邂逅老友般扑过去

一把举起棉絮，端详了好一会儿

这才抱进了怀里

陶器的自我

一排排原木展架

龙凤牡丹喜鹊万福

传统花纹，民间常见的造型

一尊特殊的陶器突兀出现

肚腹扭曲向内卷折

看起来既痛苦又稳固

釉彩厚润，也能映照也能反射

放眼望去满室规整

唯它冒犯，是毕加索式艺术？

还是先锋探索？

解说员解惑：烧坏了而已

经过练泥、拉坯、刻花、施釉

一系列烦琐

再置身于一千多摄氏度

几百件不出意外，它却不按套路

且安然跻身，平和自处

仿佛失败不是一种否定

而是另一种自我存在的方式

杂货店

奶箱层层码放，像日子码着日子

越规整越无聊，越精装越可疑

诗人店主除了敏锐于自家栽种

多数时间味觉迟钝

日化工业流水线产品

人造的缤纷凌乱了他的平原

挤进来的光线，像死去多时的鱼眼

有股凝滞的腥味

一只猴的到来何其美妙

可以冲撞、冒犯，可以添加、激荡

在这枯涩的冬日午后

当硬币从高于它视线的空间递出

牵猴人软塌塌的军绿色外套

忽然抖擞了一下

绳索的扯动并未打扰猴的垂涎

无邪，就能穿透层层包装

滤掉三聚氰胺、单硬脂酸甘油酯、卡拉胶……

嗅到牛和草原

被再次勒紧，猴毛一根根竖起

挠醒了诗人昏昏欲睡的时间

来，我们一起天真

八字门

去八字门新修的松栖园

在冻雪中绽放的吸引力

不亚于能重返我隔世的祖屋

此世，我祖已烟消云散

找不到一片熟悉的瓦承托乡愁

乡路上我既向往又害怕

如被冰包裹的骨朵

伯母勤劳淳朴，一大早

抡起铁铲对抗冻雪

丝毫不知儿子半年烟尘汗水里的重建

只是被世事暴击后的撤退与躲闪

他木然地笑，操持欢迎着

一年一度所谓的雅聚

乡俗依旧浓厚——

客人们麻将酣战

主人们升起蒸煮炒的炊烟

几十米外的乡邻

搭起了灵桥，白茫茫中一步步攀爬

去与亡故的亲人会晤

在八字门，没有一粒种子会被冰雪逼退

即便金色的稻田已不是主色调

随后的烟粉桃红也不是

质地硬冷的霰，打在脸上

打在翠绿的油菜上，也打在对面的梅山上

踏雪无痕，而我已走过，这倒有点

类似八字门的魂魄

鸭　子

一共五只，白羽黑额，橙红嘴

如清澈池水开出的花朵

餐厅附近的水池

让我感觉有种森森寒意

但它们从容

仿佛这里已是最好的栖息地

有一只始终不随伙伴入水

它的羽毛稀薄轻软

不足以承受水寒

身量够大，不是雏

它悠然踱步，像满腹经纶的智者

偶尔看看同伴，偶尔转身

对俯视与好奇不以为意

同伴们也不远游，时不时围聚

落单者显得并不孤独

是不是一家？我不得而知

鸭子当然不能与天鹅相提并论

它们庸常，既不高贵也不矫健

就算野鸭，可能也难逃

火烤油烹的命运

但一只羽毛软嫩的鸭子

被同伴簇拥的时刻，不亚于天鹅展翅

那种天然的纯洁

都是永恒的

孤　猫

大黄猫蹲在

今年的树荫里

塑像般呆滞，春光

仿佛和它没关系

我记得树影下

曾出现过四只黄猫

一只大的，三只小的

依偎在一起

小猫们互相纠缠

大猫敞开饱胀的乳头

安闲地打着瞌睡

阔大的芭蕉叶不时扇一下

天地仁爱，此刻芭蕉

和去年一样

扇动着午后长长的凝滞

究竟发生了什么

以至于形单影只

我试着学了几声猫叫

它瞟见窗台上的我

眼神像刀子

我稳住自己

与它冷冷对视

洞　穴

崖壁渗出的水滴，透心地凉

灼热的人，一个个像好奇的爬虫

爬不到尽头

亿万年的深不可测

让我想起一个幽居小镇三十年的学者

他将花白的头发隐藏在帽子里

将古老的凉意封存在笔记里

我曾有幸探入其中，有幸接住过一滴

有幸在里面听到过一段旋律

他的岩壁有天然回响的功能

糅 合

秀木、雪、池水、溪瀑

我们只有一天，来拍摄流连

没有谁能摄下气味

犹如自然之初的味道

可以附着于枝上雪水

附着于对视的瞬间

附着于毫无杂念的笑声

山水深处的热，糅合我们的冷

糅合很浅，暮色来临时即将弥散

背向疾驶中，太阳下坠得极快

车厢内，有人和我一样

在用沉默和冥想篆刻

试图糅合得更深些

返湾湖湿地

安静来自丰润

那么厚的绿，很快淹没了足音

也分隔了人群。独自一人的

彻底陷入氤氲

六月，是梅雨轻愁的季节

她像自在的白鹭

踏过植物蔓生的小径

再过浮桥，微微地晃动

加剧了她与一丛荷的心照不宣

湖面上的水马引起了兴奋

关于童年，很多人有话要说

她爱这轰然而起的人心热意

爱绿草坪上的黄衣女孩

脑海里随之跳出过往的场景

但更多的时候，她什么也不想

偶尔嗅嗅贴腕香着的小叶栀子

偶尔与一只飞掠湖面的鸟

温柔地告别

章华台

—— 致黍不语

天空饱含水分

台下的草在流动

两千五百年前的高台

只余一堆黄褐色台基模

远不如草地盛大的绿意

我情不自禁，草坪上旋转

明知此刻欣悦稍纵即逝

还是忍不住跳起来

抢拍镜头的你，身形消瘦

远看不堪一握

但我知道，生存重负下

你领受神恩的潜能

此刻天地草色与我们的欣悦

生动得不可复制

哦，我们是永恒的美人

默默无语与跳跃旋转

都是属于我们自己的舞姿

去杨市镇访友

还在树苗期的行道树

乏味地绿着，乏味一直延伸至

马路旁的杂货店

绿底白字店招，拥挤的货品

柜台前，顾客稀少

几声蝉鸣有气无力

陪同而来的本土诗人

率先显出倦意。而我不甘心

拉开柜台抽屉找一本

进入过店主诗人诗里的书

他举起来摇动，证明所写不虚

但摇动中散发出的钱钞味

让我失去了翻阅的兴趣

我的肤浅不仅于此

还包括揽着诗人的母亲

朝着镜头微笑

以到此一游的客人嘴脸

没话找话，又是一种乏味

随后跟着诗人店主

探访他的居屋

一边啃着西瓜一边八卦女主人

那个生长在南方海岛的年轻女子

据说她奔赴杨市镇的姿态，馥郁极了

提起她，满脸褶皱的诗人店主

露出狡黠的笑意，我终于停止了乏味

在驶离杨市镇的路上闭上眼帘

……未来杨氏女店主正披挂着阔叶

覆盖了暮春的虚空

冬　夜

打开灯，屋内像有一层薄薄的冰膜

悬垂而挂。冷得人不想落座

暗红色的木地板

很有些年头了，嘎吱响

书柜、床头、沙发、餐桌

书，到处都是

被窝扭搅，这唯一柔软的事物

介于戛然而止和意犹未尽之间

我们都是敏感又傲慢的人

融洽与暧昧只是某种环境里

短暂的幻觉。在你的私人空间里

尽管你表现亲切，眼光柔和

还是尴尬。算了吧，告别

当门在我身后合拢

你又迅速复归了一个人的清冷与坚硬

我也带走了自己的完整

脚下的红地板

不会再有一寸记得偶然多出来的响动

南方的秘密

饱含夜露的草甸

看不清边际

一脚陷进去

溅起一阵湿热

昏暗的路灯下

皮肤黏腻

蚊虫叮咬得欢

远处山顶树丛中

佛塔稳稳坐落

而我们蹦跳拍打

一刻不闲

你絮絮叨叨

像山径旁的苦楝

籁籁飒飒

尽皆了然地悟着

又似有永难超生的苦

所幸我的阴影与业障

小于一丛芭蕉

更小于参天的巨榕

即便汹涌，在茂盛的夜色下

也只是小剂量的晃动

在钟祥

傍晚时分，清凉而沉静

灯光飘拂，远山轻涌，风摩挲着

对节白蜡墨绿色的袍子

近处田里的茄子深成了黑色

你坐在凉亭里

手指间火星明灭，眼神模糊

雨夜渐渐变得透明

我一直跟随着，一次次环绕

钟祥的山水与山寨

也不知你的思绪落向何处？你身后

植物丛生，黑漆漆地堆叠

快要蹭到深灰色的夜空

你的所思，一定庞大而丰硕

不像我，就要离去了，却轻袖空无

在乡村，我通常什么也不想

除了饕餮景色，顶多就是

鞋底上粘了些钟灵毓秀的土

野百合

山谷无须迎合，这幽深的器皿

苍穹是它的盖子。有时一枝独秀地舞

恰好舞出风的骨骼

有时我一抬头，星子坠落

但那不是坠落，不过是夜空的一次舞动

孤独不是静止的，我如此饱满

圆鼓鼓的鳞茎是另一个宇宙

汁液类似引力，催生、碰撞、分裂又融合

窖藏寂寞，存放生也迎接死

如果孤独有面容，应该美如微卷的花

涂抹誓言滑坡前的猩红

也目睹过蝴蝶在死囚镣铐上的栖落

如果孤独有獠牙，被噬咬的你

不必讶异于我的镇定——

稚子鲜嫩的鼻息与垂暮者的呼喘

之间，只隔着一层

薄薄的大气

在海口

青春有时像一棵莲雾，参天蔽日
缀满红色的果子，酸甜难测
在住地饭堂后的大院里
她摘下一颗放进嘴里
立即酸出了泪水。她因痛恨固守
自我流放，以为有海的城市
凭其风帆鼓胀
无论如何也能荡开些什么。事实上
盲目造成的浪迹并不能抵达自由
湿热中，蓬勃的瓜果
铺排出的是另一种拘束
在这里，与他人的一次小小磕碰
都分外锐利。窗外就是海
满街阔叶在海风中晃动
她试图借此抚慰自己
却被几个霓虹字打败
机票销售点的电子屏上
徐徐亮出熟悉的地名
眼眶一阵热，晚霞似血
海又添一分咸腥

长沙之行

车站广场上，她抛出散钞

享受乞者们的蜂拥

试图以瞬间的热闹对抗

被冷落的尴尬

半小时前，食材味的油辣气

熏腾着。她在饮最后一杯酒时

已明白空虚又要降临

总是忍不住想抓住点什么

候车大厅喧嚣的沉寂里

她又一次听见百里外

哗哗响的资江水

她光脚踩着河滩上的卵石

无数细小的凸起挑动着亢奋的情绪

那一刻正是日全食的瞬间

突然暗淡的天空下

古城兴奋于天象，人声鼎沸

谁会料到另有一场星际巡游

比日月轨迹重叠的概率

更稀有。醒来后的事不出所料

青春是一场饕餮

越热辣越狼藉。她叹了口气

城池与城池，境遇迥然，往返的人

并不适合生出留驻的心意

楚雄一夜

去昆明途经楚雄，只歇一夜
跑去街头找到闹市街
满目的银子、美食、绣花衣和翡翠
黑皮肤的缅甸人，露出雪白的牙齿
想到那些快被挖空的山体
再挖下去，他们该去何处生根落地
都怪翡翠太美，我也被深深吸引
还好友人们互相约束
及时拉走发痴的人，躲开兜售者眼里
亮晶晶的骗局
我有些恋恋不舍，望着夜色中的小城
看不清轮廓，来过也等于没来
如果，我是说如果，真被骗那么一次
留着某块真翡或假玉，也许楚雄
就不会那么轻易地一闪而逝

最后一天

大道未建之前，灌木杂草丛生
一条水沟，气味复杂颜色可疑
路人掩鼻而过时，沟旁的旧式楼
照常炊烟，照常晾晒

我从一幅幅的花花绿绿旁经过
最后一天，在拆除的烟尘里
我跨越奔赴，一路兴奋得杂草丛生
想要推倒填平，散尽半生霉腐气
又不屑高屋建瓴的图纸

在难填的壑与生存的艰之间
我的未来就是我的此刻
太阳当空俯视，看穿而不说穿

在新的建筑变废墟前，时间
在新的立交桥上风驰电掣

第五辑

独自离开

我写诗

源于偶然听到一支曲子

讲的是月夜撒网，哦，那每个音符

都镀着银光，旋律里有一条

光斑如鳞闪烁的大河

如果，当年我是说如果

被奔波、劳顿折磨的我

能在夜晚变成一条鱼，在纸上做梦

在梦里潜游，该多好。起先就是这样

我开始用诗造梦，写出我想要而没有的

以此豢养、宣泄、释放

再后来越写越艰难，甚至痛苦

但又渐渐超脱，学会了

从稍纵即逝的时间之手里抢夺

并且稳住临渊的颤抖

我有我的道德律，不再为任何说教打动

在诗里，我发现了一个神秘世界

没有疆域所属的标注，既在世上又在世外

而我在诗里的孤独，就是最好的孤独

耳 朵

支棱在树上的小木耳，纤柔极了
太阳稍大点，就委屈地皱缩
在食堂后面的山坡上
长了耳朵的树林，静悄悄的
很少有人经过

冲着那些小木耳，我天天去
天天盼着雨，它们在雨水中舒展
支棱着，像在聆听我
那年春天浓密的雨水
都是被我盼来的吧

搬家后，我梦见
任凭雨水浇注，任凭我大声唱歌
耳朵们还是枯了
那些年被遗弃的房舍和树林
处处都是
处处遗落着谛听过我们
但已枯萎的耳朵

时间的魔法城堡

我在同一天两次碰见同一只流浪猫

中午它在树上，傍晚蹲踞车顶

我驻足逼近构成的干扰

究竟持续了多久？不清楚

我不是来投喂的爱猫者，除了好奇

再拿不出一丝爱心

我的悲悯是另外一种，对生存之外的事

有几分敏感。譬如一只虎斑纹的猫

它那琥珀色的眼睛，深邃、锐利

而我的眼光平和淡然。晚霞似血涂染时

闷热的园子忽感清寂

时间绚丽的手指，终将抹去所有生灵的交集

我回到自己的城堡，淘米洗菜

烹制人类的美食

向一匹老去的汗血马致敬

我要向一匹马，一匹困在马厩里的老马

致敬，向它腹部瘦出的一根根肋骨

致敬，向它曾经的汗血、奋蹄、嘶鸣

向它舔吮过的每一寸草地，托举过的每一片白云

致敬。在它面前请保持安静

仔细听，卸去了马蹄铁的肉掌

薄皮细颈下的血管，还在弹跳的声音

在坝上草原，一间仅供参观的房子里

我要向一匹老瘦成骨架的宝马

向它巨大的沉如黄金的忧伤

致敬

误入歧途

被砍削旁枝的樟树又高了一截

月光从顶端披洒下来

浅淡的光晕拉出长长的影子

他们相谈甚欢，却深藏真正的心事

所谓交集，不过是绕着一片荒湖兜圈子

而水中停放的游船从未动过

让人进一步深陷幻觉

时光摆出倒流的架势，闷热的香气里

一些人岁月静好，一些人盲目自信

仿佛不知道，这之后风雨大雪

都将一一来临

独自离开

深夜。车站广场，灯火零星

起点与终点，此刻是几个

高悬的霓虹字

发出的光，既亢奋又疲惫

白天热闹的人行扶梯

此刻缓慢，接近停止

贴着保险广告的落地窗

还在提醒：一切难以预测

杜绝不了意外，补偿

总能让活着的人重新开始

是这么个理，只是谁也不愿

预设意外，有些意外也无险可保

譬如他曾在"平安"二字之上

挥手，脸贴玻璃痴痴瞅着

直到你的背影彻底消隐

此刻那片玻璃空着，如死去的冰

不必再看了，进站吧

你必须镇定，在丧失中

伴随晃动的影子踏上月台

列车还未到站，指示牌上方

昏黄的夜幕上挂着的那枚月亮

又圆了。哦，它有恒久的耐心

戴着嘴套的马

黑色嘴套，嘲讽着我的

叶公式抚摸

面对它，如面对风雪夜的一块铁

除了报以同样的沉默

说什么都是可耻的

怜悯更加可耻

这不寻常的沉默，令人窒息

令隐身于草原的诸神失语

我小心翼翼地绕过

绕过冷却的或燃烧的血

走出很远

我仍感到困惑——

那被封住的嘶鸣，是否还在

在它的体内

早衰记

树枝上跌落的雏鸟，被捧起

怜悯也坚持不了多久。后来空纸箱

徒剩散乱的米粒

很多事原本无关水米

蒙在被子里哭泣的少年

仅仅只需你们关上灯，退出去

但一小块自由的黑也是奢望

她被一次次掀开，揪起，被怜悯被教育得

久久不能痊愈，刚长出的新羽翅

在纷纷闯入的光线下

一点点老去

默默后退

梦寐中的徽州之行
又一次被阻断
我说服自己——
徽州古镇，下一年春天
也不会有太大改变
但女儿的毕业考
变数太大

上了列车
找好铺位陷入酣睡
醒来后也不知
从杭州到武汉
中途经过的
徽州美景
是在哪一截鼾声里
滑过的

它们一点儿也不吵
那些金子般的油菜花

青砖黛瓦马头墙

顺着铁轨

一大片一大片地

默默后退

独自在家

听到有人在楼下叫

"夜鱼，下来"

我愣住了

像被人举报的通缉犯

屏住呼吸

动都不敢动

真见鬼

是不是每天都往

"夜鱼" 里搬运

剩下的

不够抵挡几声呼喝

过了会儿，对面楼里

有人回应

我松了口气

"夜鱼"

还是活在诗里

比较安全

周　末

1

鸟雀不知周末的妙处
它们比我醒得早。但鸟雀知道
春天的妙处，欢鸣一声比一声嘹亮

光线穿透一杯清水
折射于一本装帧简单的诗集
白色封面上一行黑色的字
作者名是更小的字

2

到了下午，阳光西移
少许金色的反光抹进房间
床单、衣物差不多干了
刚从超市买回的物品
全部整理归位

我对着一盆枯死的盆栽

发呆。春光正好，适合重新栽种

给点时间，先拔除我自身的枯枝

3

傍晚，除了气温和光线

迅速下降的还有拔除枯枝的坚决

洗手、泡茶、捧读

写书的少年已将愤怒控制成视若无睹

没有疑问，接下来该走向圆熟

不读了，换一本不妥协深挖到底的书

纪念馆

爬满藤萝的纪念馆已百年

如一日，坚守旧形状

墙上挂着黑白旧影的相框

昔日的狂热叠映着今日的新绿

教堂庙宇，即便翻新

也可能老朽于人心

想起我也曾狂热过

那时的理想，像一座

虚拟的纪念馆，仅供梦里参观

薇依说：最珍贵的东西

并不扎根在生存中

透过叶片间隙

天蓝得深邃

春天正以一粒粒细小的萌动

演绎存在。又以腐烂消逝

演绎存在的意义

苍绿的藤萝将覆盖我

或者说，我将是那藤萝

宝山上的茶花

顺着山坡，阵容之大
让人很难聚焦于某一朵

热闹带来的寂寞
并非茶花独有
比如我闹市中的居所静如深湖

幕阜山绵亘，看不到起止
老树与新竹，也辨不出光阴深浅
只是一晃而过地绿着

而在枝丫和花朵儿之上
从古至今的天空
无所谓别离或邂逅地挂着
从古至今的月亮

高仿时刻

两棵香樟之间

拉起白色的幕布

在最后一抹微光中

调试好了放映机

随时可以投出

人工的光束

以此模仿二十世纪

露天电影之夜

公共座椅已占满

一些人搬来了椅子

值得激动

历经几十年

久违了

热血与牺牲

不出高仿者们的预料

老年观众们

一脸沸腾的表情

当然难免总有人跑题

家长里短

窃窃私语的八卦

这些都不是最要命的

看书累了的小张

下楼散步

无意中经过

驻足片刻，蹙眉

之后迅速逃离

疾跑出很远

总算听不到

那些高仿的枪声炮火

五香豆

拖板车的小贩

并不吆喝，默默

停在小巷转角处

晚霞的淡金色

洒在五香豆上，也洒在小贩身上

出得起一角钱的孩子

很快咀嚼着散去

只有她，空手转身，却被叫住

一小勺

拌匀着晚霞的五香豆

倒进了她的小手掌

第二天傍晚

巷子里又响起小贩的吆喝

——五香豆，卖五香豆喽

她悄悄躲在窗口

羞涩地笑

却不肯跨出门

一步

淡若虚境

目的地到了，付款下车
车子却迟迟未发动
这样的停驻
仿佛是未完话题意犹未尽的部分

之前一趟是送女儿培优
后随原车返回，路线不熟的女司机
已无须导航，气氛轻松了
她顺口向我打听培优的学费
并说起她也有两个女儿在上学
去年夫亡故，才接手了这辆二手出租车
语气淡然像在讲别人的故事
我忍不住问她家里是否有人帮衬
她摇头一笑：婆婆为房产在和她打官司
我陷入沉默，直到抵达目的地
转身离去，下车走出很远才敢回头
视线中骄阳火烤的大街死寂肃杀
回眸，那辆青莲色出租车已开走
停留处似有一丝白烟
淡若虚境

交　界

北国秋日阳光，到了正午

称得上甘洌，明艳了淡灰的山水

如果不是铁丝围隔，想象不出

这一大片温柔的山水绵延

藏着三个硬冷的国境线

电梯运载我们抵达高处

在这里，视线开阔，阳光热烈

真好，都经历过苦涩的人民

正在共享没有标界的阳光和氧气

游 牧

婆罗克鲁山的雪
被落日染成金橙色

一弯细细的月牙
像顽童脱手而去的风筝
跟随大巴移动

山脚下
裹着厚厚卷毛的绵羊
四面八方地滚动

土地太大了
远处的两座毡房
小得也像在漂浮

而在这一切之上
是永恒不移的天穹

西街之晨

这个早晨的惬意
在于不辨南北
只需朝着青峰走
轻松敞开在
干净的阳光里
走过还未营业的店铺
路尽头，已能看见
树隙里闪烁的漓江
在娇美山峰的陪伴下
平稳流淌。伫立江边
昨夜的悲喜也都有了流向
我是不可救药的满足者
满足于退出爱退出恨
退出一切形式的邂逅和相聚
满足于信步闲走
或树下小坐，和老人们
随意谈点家常
一碗加了醋和辣椒的米粉
也能让我攫取到
时间的幸福

怪石峪

我没觉得怪

当我攀爬、抚触

岩壁上细小的裂痕坑凹

尖锐的圆钝的突起

坚实又慈悲的弧度

离远了看，石头上那些

鲜黄的翠绿的菌苔

很像人工涂抹

带着某种理想，而非技艺

各种形态的洞穴，仿佛天下大乱后

上苍提供的庇护。可惜没有门扉

避世的人，也得听天由命

将心系于风中摇摆

半圆弧状的洞穴

适合打坐，得道者

洪水烈焰也都无碍了吧

一些石，逼真成一只只匍匐的兽

近旁的刺旋花和梭梭草

缓解了它们的凶恶

石头的语言，历经了亿万年

不要揣摩，也别去命名

如果有幸从它们身边走过

谛听，贴近再贴近

我对兴奋于石间花草的盛爽说

摘回去，怀抱着，足够坚持

没准能在你文件如怪石的办公室里养活

在捷克埃弗来格老店

一间酒香飘了六百年的老店

音译埃弗来格，守门者

微笑，谦恭又高傲

六百年恍惚只是一瞬

无非一成不变的迎候与送别

今天他们迎候了我们

三张中国面孔

人声鼎沸，托着酒水的侍者

穿梭其间，有人扯开嗓子吆喝

有人大声吹牛。此刻诗歌

像一杯畅然饮下的啤酒

据说茨维塔耶娃也喜欢来这里

她落座何处？放眼四周

没一个像她，倒有几个

"里尔克""聂鲁达"，甚至

还有"曼德尔施塔姆"

谈起文学，另外三位说

男作家成就最高

我的不服很可笑

伍尔夫早就剖析过这类问题

再争有点无聊

神思游离间，瞥见对面桌的青年

欢声喧腾，拍手应和

手风琴旋律清新

女人依偎着情人，笑靥甜美

我端起啤酒杯

冰凉的泡沫直冲喉咙。今夜

是一眼古老的泉

天　池

风，抽打着
很疼。疼
才具备看它的资格

一眼已是万千春秋
那一池静寂，比我们痛得更加深不可测
人间浪花算什么，雪都显得轻浮
就连陪护的岩石，也羞愧得长不出一棵草木

那冰凝一切生望的蓝，没有事物可解
她不是谜题，也不存在答案
她以缄默消解一切

当我疼得麻木的时候
一生难以把握的事，就此松手
让它们停驻在此吧
多好啊，不陨灭，不生根

曜天眼

情深如临渊，不如从高处

扶着岩壁向下走

一步步，总能探底

要慢，再慢些

脚下有暗河

可感受寒武纪白垩纪，甚至

更古老的时间波纹

慢到空虚滋生甜腥，催生出

实实在在的枝蔓

慢得我们以为

枝叶会从身体的岩缝里钻出

但再慢，相比天坑的慢

也快如眨眼

我其实没那份耐心

人群堵住了我

狭窄的岩缝间，大家都抬头

以为看到了天眼

事实上，天根本不用眼

经历了几亿年的坍塌、溶蚀、风化

早已洞悉了人心

白　鹭

站在水里的白鹭一动不动
我大声吆喝
水里的倒影一动不动
我怀疑它们是假的

它们视而不见，又充耳不闻
一副遗世而独立的样子
像是假的

等到它们无比新鲜地绽开
向我俯冲的那一瞬
蓝天、大地、我
像是假的

富春江垂钓图

枯墨在后来者手里研磨
研磨得久了，也能勾皴涂染出
绵延与翻涌

鸬鹚的扑扇却不好把握
不是东汉的那只
勤奋得让人晕眩，影响了

钓竿的稳定，也干扰了悬腕人
半天工夫就都没了耐心
生存与闲情的矛盾

并不持久。鱼与鸟的激战过后
风很快轻了，湖面的宣纸
被游船撕了又撕，摄影取替了
笔法，喧哗传进隐居者的耳朵

还是收摊吧，不如到桐庐烫小酒
如果坚持画下些什么

就不要绕开霓虹、高楼，以及
如鲫的人群车流

倒影看不出什么端倪
但繁华里的苍茫沉浮
六张纸远远不够，富春江
是丰腴还是清减了

反正越来越难画，秃掉的烂笔
就要堆成山了

夜宿南靖土楼

一整夜，土楼老木梯嘎吱嘎吱响
一整夜，南迁的中原人
一批接着一批
开门、闩门、洗漱、咳嗽、打鼾
……

我竟能一边谛听，一边酣然入睡
这是夤夜一梦？抑或
人声鼎沸也是一种静？奇妙、厚重
能将人深深地裹进
时光温柔的陷阱

老祖寺的黄昏

幸好棉布长袍遮住了双腿
浸世太久，已无法盘出
标准的打坐之姿
羞愧，在山下我似是而非
在山上我也似是而非

好在土布坐垫宽仁以待
好在菩萨们笑眯眯

云厚了，炽烈的广场
暗成灰色，如一袭温暖的旧裟
将万物笼在其中

闭上双眼，想起刚才在斋堂
阿弥陀佛，罪过，该念什么经
才能抚平肠胃的不适？甚至此刻
我的皮肤还在辨听一只蚊子的足爪
唉，肉身是一切的苦

睁开眼，发现端坐大殿拈花的佛

笑意更浓了。是的，我佛慈悲

知道这苦厄之美

大雪封门

难以想象，也无法想象

阿赫玛托娃排在探监队列里的冷

还有曼德尔施塔姆倒下去的那种冷

俄罗斯的雪，明明也是

轻盈的六角形

文字也是雪，纷纷累积

积经年积百年，积到我在某个无聊的冬日

翻开他们，呵气成冰的纸页上

漫天大雪，那么厚那么沉

大雪封门，封家门封人类之所以为人类

之门

"世纪落下来比松鼠还容易"

我在比松鼠还小的蜗居里，偶尔探寻

我的母语里曾经有过的凛冽

都泛黄了，很难找到可供结晶的新鲜寒气

和来自"我们心灵的薄冰"

藏区行

缺氧的人，如何让五脏归位

一不小心，将雪峰

看成治愈的药粉

天地宽宏，允许膜拜与祈祷

也允许旁观与无声

有人翻江倒海

祈愿扭曲的山路能被拉直

有人则对秃鹫和乌鸦敏感

黯然神伤于死亡与归宿

总有抚慰及时到来

花背松鼠扫过手背

山鹊跳到脚边啄食

长绒山羊蹭着你

热烘烘的膻气

让刚刚舒展的肠胃再度紊乱

邦普寺村寨最让人放松

懒散地靠坐在花框窗下

藏民和善，有问必答

拍摄者甚至要求

刚从身边经过的喇嘛转身

他果然转身了，那绛红色的僧袍

拂动的一瞬

远处的雪峰愈发神圣

光　芒

日出时分
我在海拔四千五百米的高原机场
拼尽肺活量，攀爬更高的阶梯
为了锁身低处
所有高海拔的梦想
我曾无数次虚构的光芒啊
我要让它们真真实实地刺中我

高原日出

云涌过来，心就蓝得不知所措
高原日出是一场盛大的邀约
是新，是刚出生的婴儿，一个翻身
甜美的奶汁胀满山谷
我已旧，被遗忘的前世，哭得那么响亮
我扑过去，却什么也没抱住

立于半山腰

极目四野，山的绵延如随云涌

仿佛大地深藏心事，又实在按捺不住

相比溪瀑的喧嚣，这缓慢的节奏

有着更深的痛楚

经幡招展，信徒们一步一叩首。而身后的马匹

只盼撒欢饕餮，一坡嫩草，即是全部的生欢

从山峰古木到马嘴边摇曳的野花

再到立于半山腰崖石上的我

看不清轮廓的光阴，在耳边嗖嗖飞逝

半生已去，而另半生，正风起云涌而来

晚宴记

暗底纹的丹凤牡丹，涌到脖颈处

被压抑的热烈，如任意截取的一段岁月

在现代的奢靡里错身其中

她捏着衣服下摆，细细把玩

盘扣扭绞复杂，丝绵滑爽轻柔

她裹着旧图腾悄悄逆行

浮生若梦，总是这样，对面的人一坐定

笑意微妙的脸庞似曾相识

又或者活着活着活成了面目相似

时间不断镌刻，又不断淡去

却从不揭示人们勾连的真正原因。那些隐秘

不是静止的，如不小心打翻杯子后

白色餐布上的茶渍，干了后淡去

如她，无数次潮流席卷依旧热爱纯棉的质地

他们起身告别。各自遁入人流

越过霓虹、车流、种种诡异的世相

她因明白了时间

热衷于逆行，并确信终将与故人

在逆向的气流里不期而遇

断舍离

生命中需办理的事不多了

孑然简洁为我所喜

除了几个亲人和一套公寓

最专注的身份：作家和母亲

不出意外，我将就此过完后半生

这样说显得有点消沉

事实上我才换了

新窗帘新地板新木床新书柜

清除了陈年杂沓

一摞刊印我名字的杂志和诗选集

几十册红底烫金字的硬壳奖证

用旧了的衣饰，充满训诫的书籍

一本写满呓语的青春日记

......

扔了吧、都扔了，我要我的旷野

一无所碍，延伸至无穷尽

墙角的泥胎瓷

与泥胎牢牢焊接在一起的瓷

各有各的瑕疵与怪异

不能脱胎，不再具备瓷的意义

依然是一种"器"，一种无用

成就了另一种"用"

它们堆聚在一起，接受审视

被托在手里

成为介绍烧瓷工艺的道具

关于失败，现身说法提供着案例

光线打进泥胎瓷的瓷壁

坦然裸呈，无用之用的平静

星空下

蒲扇每摇一次，夜幕就低一寸
她时常在泥腥味里
在萤火虫的嘤嗡声中
在银色的微光下，坠入梦乡
清晨醒来发现自己
已从露天竹床转移到屋内
她不知道之后的事，不清楚抱她进屋的
究竟是外婆，还是爹娘？

及至中年，午夜梦断
黑夜像只寂寞的飞蛾，不知所措地
耷拉在阳台上。被分割成块状的夜空
忽然勾出她的好奇——
那些转瞬即逝的田园和星空，在下半夜
究竟有多开阔有多明亮？而她
要如何腾空如何奔赴，才能再次接收
爱如潮水的星光

蓝色小谣曲

那时的江山轻松娴静

流水无论缓急，缰绳，解开或系紧

随遇而安也能抵达目的地

我记得那时的自己，喜欢蓝色的牵牛花

喜欢在蓝色的山中走来走去

餐风啜露，衣服上沾满孑然于世的蓝色潮气

暗　香

老了之后
牙掉了
耳朵成了摆设
味觉没了
眼神也空了

风吹远星辰
雪冰凝道路

我坐在灯下
颤巍巍的手指
翻开这本诗集
会是谁
如约而至

后　记

　　2024 年 4 月初的某天凌晨，天还没亮，鸟儿的聚会就开始了，热烈讨论，叽叽喳喳，大有不把天幕撕开、不把夜色挑明不罢休的气势。万喙齐鸣，像一千支竹刺戳着太阳穴。我是第一次如此描述春天的鸟鸣，之前的描述是清脆、婉转，是亲人唤我。导致同样的事物不同描述的是心境，一场酣眠过后，翻了个身准备接着睡，无意中发现身边的孩子还在辗转反侧。不觉吃惊：她的失眠这么严重啊？

　　睡意全无，轻拍、抚摸，试着用小时候哄她入睡的方法。无奈窗外的鸟不配合，吵嚷得不像话。

　　内卷的压力，碾碎了朝气蓬勃的青春本该有的欢乐，也干扰了我尘埃落定的自在，手足无措的我没有心思进一步精修诗集作品了。还好也整理得差不多了，这些诗是近十年的累积，去年就开始筹划出版，并着手择选。犹豫出不出的时间更久，总觉得自己还可以写得更好，还应该有更大的突破，是不是再等等？诗友的一句话适时而来：出版一本还是有必要的，算是阶段性的告别。

　　我的诗不是轻盈谐趣的类型，喜欢整体结构与细节支撑配合的缓慢叙述，受众不会多。即便如此，哪怕只有一个读者，或者只是为了自己，也该认真对待。然而，精益求精是无止境的，也无统一标准。我从来没要求自己写出完美的诗，也不存在完美的诗。可以粗糙不精致甚至有缺陷，但必须诚实，我做到了，没有一首是为著而作。无论技艺高低，我一直秉持不为写而写，只在真有东西要写的时候才动笔，这点让我觉得安慰。

决定停止没完没了的修改还有个原因，我发现太过频繁修改的诗歌，当初那种顺应个人生命气息与节奏的东西就变了，两相对照，技术的娴熟不一定就好，很可能会遮蔽更珍贵的东西。当然对那些明显的文艺腔，以及行文的拖沓，修改则是必需的。有几首对尾句不满意，改来改去也不满意，干脆一删了之，再读，歪打正着，删得恰切，空与控，反而让那些分行抵达了诗。心定下来，从头检查了一遍字句错漏，虽然有些诗不是十分满意，但只要有可取之处，就留了下来。

感谢张执浩、韩东、陈先发、蔡家园、魏天无、刘波、黍不语、刘诗伟等诸多师友的建议与启发，感谢几位相知相伴的女诗友，虽然天色已晚，但我行不孤。所谓抵达，不一定是指到了目的地，诗也不是目的地，诗望不到尽头，也不存在结论，是出发也是回归，更是过程里种种神秘的所遇。诗里的时间无所谓早晚，只是与生命息息相关的细微与深广。

那天早晨，我关紧了窗户，将孩子挪到了另一间远离阳台相对安静的卧室。鸟鸣声小多了，她总算入睡。我松了口气。接下来，我打算暂停写作，等她睡眠平稳些香甜些，再去敲击键盘。在这个过程里，诗很可能并没有停下。

2024 年 4 月 10 日于武汉

图书在版编目（CIP）数据

抵达时天色已晚 / 夜鱼著. -- 武汉 ： 长江文艺出版社，2025. 2. -- ISBN 978-7-5702-3849-1

Ⅰ. I227

中国国家版本馆 CIP 数据核字第 2024K3C937 号

抵达时天色已晚

DIDA SHI TIANSE YIWAN

责任编辑：胡　璇　　　　　　　　　　责任校对：程华清
封面设计：源画设计　　　　　　　　　责任印制：邱　莉　王光兴

出版：长江出版传媒　长江文艺出版社
地址：武汉市雄楚大街 268 号　　　　邮编：430070
发行：长江文艺出版社
http://www.cjlap.com
印刷：湖北新华印务有限公司

开本：880 毫米×1230 毫米　　1/32　　印张：8.875
版次：2025 年 2 月第 1 版　　　　　2025 年 2 月第 1 次印刷
行数：5755 行

定价：48.00 元